Weltall Erdbahn Mensch

André Petzold

Weltall Erdbahn Mensch

Impressum:

Bibliografische Information der Deutschen Nationalbibliothek: Die Deutsche Nationalbibliothek verzeichnet diese Publikation in der Deutschen Nationalbibliografie; detaillierte bibliografische Daten sind im Internet über dnb.dnb.de abrufbar.

© 2022 André Petzold
Illustrationen André Petzold, Ida Becher
Herstellung und Verlag: BoD – Books on Demand, Norderstedt

ISBN: 978-3-7557-6150-1

Kapitelübersicht

UNGLÜCKSFALL AN DER DONAU

Ein breiter Fluss plätscherte träge in ausladenden Schleifen durch die Weiten der südosteuropäischen Landschaft. Hier im habsburgischen Kaiserreich, an der kroatisch-serbischen Grenzregion bei Dalj ging es im Spätsommer 1886 ländlich-beschaulich zu. Die Bauern brachten wie seit Jahrhunderten gewohnt ihre Ernte ein und die Pferdefuhrwerke fuhren die Garben zu den Dreschplätzen. Dabei hatte bereits das Maschinenzeitalter begonnen. Große schwarze Dampflokomotiven durchquerten Europa auf eisernen Straßen und verdrängten Pferdekutschen und Ochsenkarren aus dem Fernverkehr. Doch davon war hier noch nichts zu spüren. Einzig auf dem Fluss, der blauen Donau, waren einzelne Dampfschiffe unterwegs, die -schwarze Rauchwolken ausstoßend- auch stromaufwärts fahren konnten. Aber es gab noch viele Treidelgespanne am Ufer, welche die schweren Donaukähne entgegen der Strömung nach Norden zogen.

Es ist später Nachmittag an einem Sonnabend, die Hitze vom Mittag hat etwas nachgelassen. Man kann die Luftfeuchtigkeit spüren, die sich wie ein kühlender Film auf alles legt, nachdem die Sonne jetzt häufiger von Wolken verdeckt wird. Die Schwalben fliegen tief, im Westen baut sich eine Wolkenwand immer höher auf. Am Abend wird es wohl ein Gewitter geben. An diesem herrlichen Septembernachmittag spielt ein

Junge, er heißt Milutin, am Wasser mit Stöckchen, welche er in den Fluss wirft. Es macht ihm Spaß dabei zuzusehen, wie die Strömung die Stöckchen erfasst und mit sich fortträgt. „Vielleicht kommt eines davon im Schwarzen Meer an.", denkt er sich. Wenn er neben den Stöckchen her läuft und laut die Sekunden zählt, die sie brauchen, um die Strecke zurückzulegen, die er vorher mit weiteren Stöckchen im Sand des Ufers abgesteckt hat, glauben die meisten Spaziergänger auf dem Uferweg, dass er spielt. Milutin hat schon beobachtet, dass seine Stöckchen am Rand des Flusses langsamer schwimmen als die Lastkähne, die in der Flussmitte viel schneller stromabwärts getragen werden und dass an Flussbiegungen die schnelle Strömung zum Außenbereich der Kurve ausgelenkt wird. „Hm, das Wasser fließt in der Mitte schneller als am Rand", denkt er sich, „Ob man auch ausrechnen könnte, wie lange das Stöckchen in der Flussmitte bis zur Stadt Plankenburg braucht?" Eine der Fragen, die er sich auch oft stellt, ist: „Wie viel Wasser wohl in einer Minute die Donau hinunter fließt?" Die Breite des Flusses hatte er schon berechnet und die Tiefe von den Donaufischern erfragt. Anhand seiner groben Sekundenzählung konnte er abschätzen, wie schnell das Wasser am Rand floss. Für die Strommitte hat er sich markante Wegpunkte am jenseitigen Ufer herausgesucht und rennt dann zählend am Ufer entlang, wenn die Lastkähne stromabwärts fahren. Die Zahlen sind fast unglaublich groß und schwer vorstellbar, aber

der Fluss ist auch sehr groß und das Wasser hört nie auf zu fließen. Leider besitzt er als Schuljunge noch keine Uhr. Mit einem Chronometer mit Sekundenzeiger könnte er die Fließgeschwindigkeit einigermaßen genau bestimmen. Eine solche Taschenuhr hat nur der Bürgermeister. Der Wunsch nach einem Chronometer hält seine Gedanken meist nur kurz gefangen und dann rücken andere praktische Geschehnisse am Fluss wieder in seinen Fokus. Wenn sich ein Treidelgespann von Süden nähert, geht er neben den Treidelpfad um es durchzulassen. Besonders interessiert ihn die Mechanik des Treidelns. Je schwerer beladen die Kähne sind, desto tiefer liegen sie im Wasser und ihre Treidelleinen spannen sich straff wie Gitarrensaiten. Schon beim Zuschauen kann er die dabei wirkenden Kräfte spüren. Ein Kahn mit Mauersteinen naht gerade von Süden. Er liegt besonders tief im Wasser und die Treidelknechte müssen das Gespann tüchtig antreiben.

Die Pferde waren schon den ganzen Tag am Arbeiten, sie stampfen wild gegen den Widerstand der kraftvoll strömenden Wassermassen an. Das Gespann war diese Woche jeden Tag unterwegs, mit seinen Treidelknechten zieht es Kahn um Kahn die Donau hinauf. Bald werden sie nicht nur ihr Tagwerk geschafft haben, sondern es naht auch der freie Sonntag. Jeder Mensch hängt in seinen Gedanken dem nach, was er denn gleich nach Feierabend machen würde. Schon am Morgen haben die Knechte bemerkt, dass die Treidelleine nahe der Bootsschlaufe ausgefranst ist. Erst am Montag wollen sie ein neues Seil auflegen, denn diese starken Hanfseile sind sehr teuer und sollen möglichst lange halten. Das neue Seil liegt schon am Vorspannplatz bereit, aber heute ergibt sich einfach keine Zeit für den Wechsel, da ein Kahn nach dem anderen die Donau herauf kommt. Sie haben auch schon viel schlimmer beschädigte Leinen gesehen und diesen einen Tag würde die Leine noch halten. In der Flussbiegung ziehen sie den Kahn gerade durch den Prallhang, wo sich die Strömung besonders stark auf ihre Seite des Fahrwassers legt. Da passiert, was mancher geahnt, aber doch keiner für möglich gehalten hat. Eines der Pferde wird von einer Hornisse gestochen. Es geht durch, alle anderen Pferde mit, das ganze Gespann bekommt einen kräftigen Ruck nach vorn. Mit einem Peitschenknall reißt die Treidelleine, während die Strömung den Kahn abrupt stoppt und dieser dann langsam nach Süden treibt. Das Gespann ist jetzt seiner Last beraubt und die Treidelknechte fliegen von der Wucht des Stoßes beiseite. Die jungen Pferde galoppieren den Treidelpfad entlang und dann die Uferböschung hinauf, die lange abgerissene Leine hinter sich herziehend. Neben dem Treidelpfad steht der kleine Milutin. Er wird von der Treidelleine erfasst, deren nasses und schweres Ende noch im Fluss schwimmt. Wie ein Katapult wirft es ihn in den Fluss. Ein paarmal wedelt er noch hilflos mit den Armen, dann zieht ihn die starke Strömung fort. Noch bevor die Treidelknechte, welche nicht schwimmen können, ihn bemerken, ist er schon untergetaucht und nicht mehr zu sehen. Die alarmierten Bauern reiten das Ufer ab, können aber nur noch seinen toten Körper bergen, der schließlich in Vukovar ans Ufer gespült wird. Im Kirchenbuch von Dalj steht für den 20. September 1886 verzeichnet: „der Junge Milutin Milankovic ertrank bei einem Treidelunfall in der Donau und wurde am 22. September auf dem Gottesacker von Dalj bestattet."

PROFESSORENFRÜHSTÜCK

Etwa hundertzwanzig Jahre später plätscherte die Donau träge und gemächlich durch das spätsommerliche Wien. Braune Uferstreifen lagen trocken und ließen allerlei Unrat sichtbar werden. Der Physikprofessor Mayer saß auf dem Balkon seiner Jugendstilvilla und ließ einen Würfelzucker in seinen Frühstückskaffee plumpsen. Versonnen schaute er zum Fluss hinab. Noch nie war ihm die schöne blaue Donau so braun vorgekommen. Nach der abgeklungenen Sommerhitze mit wenigen Niederschlägen dümpelte der Fluss im Niedrigwasser dahin. Plötzlich bemerkte er, dass er nicht mehr zur Donau, sondern in seine Kaffeetasse schaute. Mayer blinzelte gegen die bereits kräftigen Strahlen der Morgensonne und goss wie gewöhnlich noch reichlich Milch in seine Tasse. Schnell umgerührt, und schon wurde die Farbe merklich heller. Die Donau musste dagegen noch lange auf die herbstlichen Niederschläge warten, bis sich ihre braunen Uferstreifen wieder mit einer hell glänzenden Wasseroberfläche überdeckten. Mayer hatte Zeit. Zeit zum Frühstücken und auch sonst trieb ihn nichts. Einfach mal die Ruhe der vorlesungsfreien Zeit bis zum baldigen Beginn des Wintersemesters genießen. Niemand störte ihn. Er hatte sich mit seiner Arbeit über Laseroptik gerade erfolgreich habilitiert und damit seinen festen Platz in der Universität erkämpft. Nun, nicht alles war positiv gelaufen. Seine Exfreundin, eine junge Doktorandin, war schon vor seiner Habilitation ausgezogen. Sie hielt Mayer für einen unverbesserlichen Kindskopf, den sein Fachgebiet mehr interessierte als eine ernsthafte Familienplanung. Bestimmt hatte sie Recht. Er jedenfalls glaubte, ganz gut damit klarzukommen. Zumindest jetzt, da er ungebunden und unabhängig war. Genüsslich schmierte er sich ein Milchhörnchen mit Butter und Kirschmarmelade obendrauf. Auch seine Morgenzeitung, die er aus Sparsamkeit (manche würden es Geiz nennen) nur während der Semesterferien abonnierte, lag schon bereit. Doch deren Inhalt langweilte ihn nur. Keine politischen Skandale, keine diplomatischen Verwicklungen. Immer nur wohlwollende Übereinstimmung aller Parteien und moderates Wachstum in allen Wirtschaftszweigen. Einfach öde. Aus Sparsamkeitsgründen nahm er sich immer die vorgestrige Klatschzeitung seines Untermieters aus der gemeinsamen Altpapiertonne mit nach oben. Der Untermieter bewohnte mit seiner kinderreichen Familie das Erdgeschoss der Villa. Dessen BALD-Zeitung wäre Mayer als ehrenwertem Professor natürlich keinesfalls angemessen gewesen. Aber sie war wenigstens ein bisschen interessanter. Ach, welcher Aufschrei aller Ehefrauen ging durchs Land, als lang und breit vom Schlagerbarden Michael Schändler berichtet wurde. Der Schändler war mit der gut gebauten Freundin seiner Tochter durchgebrannt und gab den flachen Medien bereitwillig Details seiner neuen Beziehung preis. Nachdem Mayer einige Dutzend BALD-

Zeitungen durchgelesen hatte, war er dessen überdrüssig. Auch bei der heutigen Frühstückslektüre fand er, dass einfach nichts los war. Die ernsthafte Presse war voll mit opportunistischem Geschwätz und die Regenbogenpresse enthielt nur künstlich aufgebauschte, belanglose Skandälchen. Nichts was einen frischgebackenen Professor wie Mayer aufregen könnte. Er würde sich nach dem Frühstück wieder dem süßen Nichtstun widmen und ein bisschen durch die Parks spazieren. Seine kreativsten Ideen entstammten solchen Spaziergängen. Am frühen Nachmittag würde er dann im fast leeren Institut die Versuchsreihe seiner Laserexperimente fortsetzen. Bei dem Gedanken daran kroch plötzlich eine Art beunruhigendes Gefühl in ihm hoch. Es verflüchtigte sich nicht wie nach einem schlechten Traum, sondern verdichtete sich zu einem konkreten Bild von seiner Versuchsapparatur im Institut. Hinter dem voluminösen Strahlenteiler klebte eine stecknadelkopfgroße Schmelzperle auf einem schwarzen Stift aus metallischem Wolfram. „Die Schmelzperle!", fiel es Mayer wieder ein. Gestern war beim letzten Experiment etwas passiert, was er sich nicht erklären konnte. Nach dem Laserbeschuss fehlte von der Schmelzperle jede Spur. Mayer machte sich zunächst keinerlei Gedanken. Vielleicht war sie heruntergefallen oder verdampft. Er wollte sowieso Feierabend machen und räumte seinen Schreibtisch zusammen. Als er vor dem Gehen noch einmal in die Versuchsanordnung schaute, riss Mayer plötzlich die

Augen auf: Die Schmelzperle klebte wieder auf dem Targetstift, als wäre sie nie weg gewesen! Nun vielleicht hatte er beim ersten Mal nicht genau hingeschaut oder eine vergessliche Minute gehabt, da er sowieso gleich gehen wollte. Er würde das heute nochmals genau überprüfen und schob die grübelnden Gedanken einfach beiseite.

Beim Spaziergang durch die Parks fiel ihm ein, dass er doch wieder einmal seinen Bekannten besuchen wollte. Der wohnte seit kurzem in einem Kleingarten am Stadtrand. Mit der Straßenbahn gelangte Mayer in die Außenbezirke der Stadt und ging noch ein gutes Stück zu Fuß. Er fand, dass das sonst so geschäftige Treiben deutlich nachgelassen hatte. Die Leute schienen allesamt ziemlich entspannt zu sein. Ob es am heißen Sommerwetter lag? Seit Monaten bewegte sich alles so träge und unaufgeregt wie seit langem nicht mehr. Er konnte sich noch an den Beginn des Wirtschaftsaufschwungs vor wenigen Jahren erinnern. Zu jener Zeit kamen ihm die Leute so getrieben und hektisch vor. Er saß damals schon in seinem akademischen Elfenbeinturm und echauffierte sich kopfschüttelnd über die Bereitwilligkeit der Leute, ihre Freizeit in Zweitjobs zu investieren. Nun schien von der hastigen Geschäftigkeit der letzten Jahre nur noch wenig übrig zu sein. Auch wunderte sich Mayer über seinen Bekannten, der früher als kleiner Bankmanager keine Freizeit kannte. Dieser agile Mittvierziger soll nun in einem Kleingarten wohnen und eine ruhige Kugel schieben? An den

Gartengrundstücken angekommen, ging für Mayer die Sucherei los. Wuchernde Büsche versperrten die Sicht und ließen nur kleine Wege frei. Keine Hausnummer, keine Klingel. Und überall lässig gekleidete Kleingärtner, die den Namen seines Freundes nicht kannten. Was hatte dieser noch gesagt? Geh einfach rein in die Kleingartenanlage und halte dich rechts. Na toll. In diesen fünfzig bis hundert Gärten? Etwas schwitzend in der Spätsommersonne gelangte Mayer schließlich doch noch zum Ziel. Er sah die Frau und die zwei Kinder des Bekannten in den Gemüsebeeten jäten. Sein Bekannter bediente gerade den Grill. „Komm rein, Herr Professor, du bleibst hoffentlich zum Mittagessen", rief ihm der Bekannte schon über dem Gartenzaun zu. „Hallo! Ach, so wohnt ihr nun?", entfuhr es Mayer, als er die bessere Gartenlaube in Augenschein nahm. Gleich darauf ärgerte er sich, mit seinem Spruch möglicherweise in ein Fettnäpfchen getreten zu sein. Ihm kam seine spontane Bemerkung nun ziemlich abwertend und überheblich vor. Die Gartenlaube war zwar groß, doch verglichen mit dem früheren Luxusappartement seines Bekannten konnte man sie bestenfalls als spartanisch bezeichnen. Als die Frau und die Kinder Mayer begrüßten, blickte er in offene und fröhliche Gesichter. „Ja May, das hättest du wohl nicht von mir gedacht", entgegnete sein Bekannter grinsend, während er geschickt die dampfenden Bratwürste auf dem Grill drehte. „Der Sommer passt zu unserer jetzigen Wohnung, findest du nicht?", fuhr sein Bekannter fort. „Na ja, ihr seht alle irgendwie glücklicher aus als in eurem früheren sterilen Luxusbunker", entgegnete Mayer und war froh, damit seine anfängliche Bemerkung ausbügeln zu können. Und tatsächlich, es war alles da, was man brauchte. Gartenlaube mit Bad und Kinderzimmer, genug Platz für die Kinder zum Spielen, Bäume und Büsche und vor allem - Ruhe. Der allgegenwärtige Verkehrslärm der Stadt schien hier zu einem leisen, fernen Rauschen gedimmt zu sein. Ja, dieses Fleckchen Erde hatte sicherlich seine Vorzüge. Mayer war versucht, sich selbst in diese Gartenidylle hineinzudenken. Hier konnte man ungestört über physikalische Probleme nachgrübeln. Es gab keinen Untermieter, der zur Unzeit wegen eines verstopften Wasserabflusses Sturm klingelte. „Ja, wenn ich einmal emeritiert bin, dann könnte ich mir auch so einen Garten als Rückzugsort zulegen", sinnierte Mayer laut. „Ist ja auch nur unser Zweitwohnsitz", entgegnete sein Bekannter „offiziell wohnen wir noch in unserem Appartement und die Post kommt auch dort an. Wir haben es an eine andere Familie vermietet und können mit den Mieteinnahmen unsere jetzige Lebenshaltung bestreiten. Na ja, wir sind sozusagen Aussteiger und leben eigentlich hier illegal, da die Kleingartensatzung das dauerhafte Wohnen verbietet. Aber wo kein Kläger, da kein Richter. Meinen Job habe ich gekündigt. Nebenbei machen wir noch etwas, damit die monatlichen Sozialversicherungsbeiträge reinkommen, aber mehr auch nicht." Mayer kam sein Bekannter wie gewandelt vor, er schien seinen Ehrgeiz und seine Zielstrebigkeit in der Karriere abgelegt zu haben. Auf Mayers verwunderte Frage, wie es zu diesem Sinneswandel gekommen sei, antwortete der Bekannte: „Ich bin nicht der einzige, der sein Leben radikal geändert hat. Vielen meiner neuen Nachbarn hier ging es ähnlich. Ach wir alle waren damals angezogen vom nun erschwinglichen Luxus, den uns der reichliche Lohn unserer Arbeit bot. Wir streckten uns nach dem Geld. Arbeiten, arbeiten, arbeiten, um uns auch alle Verlockungen leisten zu können, die man kaufen konnte. Man vergisst dabei, dass der Mensch einen Lebensrhythmus hat, den man nicht schneller drehen sollte. Schließlich vernachlässigten wir unsere Familien, unsere Kinder. Bei mir dauerte es Jahre, bis ich umdenken konnte. Was ist gekaufter Schnickschnack schließlich gegen gemeinsame Lebenszeit? Freizeit ist die neue Währung. Aber was sage ich dir das, du schiebst doch schon immer in deiner Uni eine ruhige Kugel." Mayer protestierte schwach, bei seiner Habilitation ganz schön geschuftet zu haben. Aber es klang wenig überzeugend. Sein Bekannter hatte Recht. Die Habilitation war schuften auf absehbare Zeit. Im Lehrbetrieb fühlte sich Mayer nun zwar wie auf Arbeit, aber bei der Forschung bediente er tatsächlich nur sein Hobby. Und er war relativ anspruchslos, seine erklecklichen Professorenbezüge häuften sich zusammen mit den Mieteinnahmen aus seiner Villa auf dem Bankkonto. Geld ist nicht alles, aber es beruhigt ungemein.

Und er war schon immer ein ruhiger Typ gewesen, der Aufregung und Unsicherheiten scheute. Nur die wilde Doktorandin hatte ihn damals ganz schön auf Trab gebracht. Spontane Unternehmungen und abenteuerlich anmutende Ausflüge waren für ihn eine schweißtreibende Übung gewesen. Im Nachhinein fand er das jetzt auch nicht schlecht. Er hatte ja nur wegen der allzu forschen Familienplanung kalte Füße bekommen. Als er die Kinder des Bekannten fröhlich im Garten herumtollen sah, kam er ein bisschen ins Grübeln. Früher dachte er mit Schrecken daran, dass schreiende Kinder ihm seine letzten Nerven rauben würden, die er für seine Forschungen so dringend brauchte. Bei seinem kinderreichen Untermieter war das Geschrei der Sprösslinge allgegenwärtig. Aber dort hatten selbst die Erwachsenen ein lautes und durchdringendes Organ. Vielleicht lag es auch am Umfeld, in dem die Kinder aufwuchsen? Hm, Babys und Kleinkinder schreien natürlich immer mal. Doch die Kinder wurden ja auch schnell größer, vielleicht konnte man sie später für die Physik begeistern? Mayer fand jedenfalls das Mittagessen mit Kindern viel lustiger als seine gewohnten Solomahlzeiten. Als er sich von der Familie des Bekannten verabschiedete, spürte er ein kleines bisschen Neid in sich aufsteigen. „Eine Familie zu haben und eine ruhige Kugel zu schieben, kann also doch funktionieren. Na ja, die Frau des Bekannten wirkt immer so ruhig und gefasst. Vielleicht liegt es daran, dass kein Stress aufkommt?", sagte er sich. Hier irrte Mayer, da er als Eigenbrötler nur wenig Erfahrung mit zwischenmenschlichen Problemen besaß. Außerdem hatte er das Paar noch nicht in Streitsituationen erlebt und konnte sich den üblichen Verlauf einer solchen bei den beiden einfach nicht vorstellen.

Doch für heute schob er diese Grübeleien erst einmal beiseite. Man musste Prioritäten setzen. Und diese lagen bei Mayer unbestritten auf dem Gebiet seiner Laseroptik. Er begab sich also zufrieden und vom Mittagessen gesättigt ins Institut. Als er das Gebäude betrat, umfing ihn eine kühle und ruhige Atmosphäre. Kein Studentenlärm, keine Lehrverpflichtungen und vor allem kein Stress. So schön könnte es immer sein. Im Labor klebte noch immer die runde Schmelzperle auf dem Targetstift und schien ihn regelrecht anzugrinsen. Mayer startete die Laseranlage. Ein leises Brummen zeigte die Bereitschaft der Energieversorgung an. Beim Start tastete ein Laserstrahl die Probe ab und schickte die Reflexionen mit dem vom Strahlenteiler abgezweigten Originalstrahl in ein optisches Leitgerät. Dieses zielte auf ein extraterrestrisches Objekt, um im Strahlengang beider Laufwege die Interferenzen ausmessen zu können. Wegen der Erddrehung waren diese Messungen nur zu bestimmten Zeiten möglich, wenn das Reflexionsobjekt am Himmelshorizont auftauchte. Mehrere automatisch gesteuerte Spiegel kompensierten die Erddrehung und führten den Laserstrahl zielsicher nach, damit das Reflexionssignal nicht abriss. Wegen der regelmäßig nach dem Mittagessen ein-

setzenden Müdigkeit döste Mayer vor seiner Versuchsanordnung. Dieses sogenannte Suppenkoma war heute
nach dem reichlichen Essen so heftig, dass er sogar im
unbequemen Laborstuhl von einem kurzen Mittags-
schlaf übermannt wurde. Im Traum sah er die Schmelzperle auf dem Targetstift ganz scharf vor sich erscheinen. Die Perle blähte sich auf, sie wurde immer größer
und auf ihrer schillernden Oberfläche erschien ein
Smiley, das Mayer frech angrinste. Plötzlich platzte sie
wie ein überfüllter Luftballon. Mayer schreckte aus
seinen Träumen auf und blickte auf seine Versuchsanordnung. Die Schmelzperle war schon wieder weg!
Er riss die Augen auf und blinzelte ungläubig auf seine
Geräte. Das Ding war tatsächlich weg! Schließlich traute er seinen Augen nicht mehr und fasste mit den
Fingern nach der Schmelzperle, obwohl er das wegen
des Laserstrahls nicht tun sollte. Nun, glücklicherweise
hatte sich der Laser schon abgeschaltet. Aber die
Schmelzperle blieb definitiv weg. Sichtlich verschwunden und auch stofflich einfach nicht mehr greifbar!
Mayer kroch auf den Knien zwei Runden unter dem
Labortisch herum und konnte sie dennoch nicht finden.
Ein knisterndes Geräusch ließ ihn hochfahren. Dabei
stieß er im vollen Schwung mit dem Kopf von unten an
die Tischplatte. Mayer kam sich in diesem Augenblick
ziemlich dämlich und unbeholfen vor. Als er schließlich aufgestanden war und sich den schmerzenden
Kopf rieb, blickte er auf seine Versuchsanordnung. Das
konnte doch nicht wahr sein! Die Schmelzperle klebte

wieder frech auf dem Targetstift und schien ihn regelrecht anzugrinsen. Mayer fasste abermals in seine Versuchsapparatur und tastete mit den Fingern nach der Schmelzperle. Die fühlte sich kalt an. Das konnte einfach nicht sein, hatte nicht eben der hochenergetische Laser die Perle in engen Rasterlinien abgetastet? Hätte deshalb diese nicht ziemlich heiß sein müssen? Wo befand sich die absorbierte Energie des Laserstrahls? Mayer war ziemlich verstört. So hatte er heute schon die Frage nach der Vereinbarkeit von Familie und seinen Forschungen unbeschwert beiseitegeschoben. Doch nun auch auf ein unerwartetes Phänomen seiner Versuchsanordnung keine Antwort zu wissen, ließ ihn resignieren. Das waren einfach zu viele unlösbare Probleme an einem Tag. Mayer mochte keine völlig unerwarteten Probleme, auf die er ad hoc keine Antwort wusste. Recherchieren, in Ruhe nachdenken, Untersuchungsergebnisse analysieren und logische Schlüsse daraus ziehen, das war seine Stärke. Vor unerprobten oder qualitativ völlig neuen Ergebnissen hegte er anfangs immer gewisse Ängste. Hier half die Logik der bekannten Analogien nicht weiter, man brauchte neue, unkonventionelle Ideen. Mayer war aber eher ein Gewohnheitsmensch, der gern nach festen Mustern eine Lösung zu suchen pflegte. So verdrängte er abermals das unerklärliche Verschwinden der Schmelzperle und sann beim Heimgehen über die angenehmen Momente des Tages nach. Ja, das Mittagessen bei seinem Bekannten und vor allem mit dessen Kindern hatte ihn ungemein erheitert. Es gab also auch noch andere Kinder als die lauten Gören seiner Untermieter, die sich schon nach den ersten Sprechversuchen erfolgreich im Gossenjargon übten. Vor allem aber schloss er aus den heutigen Erlebnissen: es ging derzeit ruhig zu auf der Welt, und das war gut so.

GESELLSCHAFT UND MAGNATEN

Nun, ganz so seicht und ereignislos wie an diesem Spätsommertag in Wien war die Weltgeschichte seit dem Ertrinken des kleinen Milutin nicht verlaufen. Nach einigen schlimmen Kriegen hatte sich die Menschheit bei ihrer Arbeit weitestgehend von den Beschwerlichkeiten der Muskelkraft befreit, musste nicht mehr Hunger leiden und konnte sich ordentlich kleiden. Auch verfügte sie nun mittels dampfölgetriebener Maschinen über bezahlbare Fortbewegungsmittel sowie über elektromagnetische Kommunikationsgeräte und Rechenmaschinen. Der weltumspannend genutzte Energieträger war neben der vor allem für die Kommunikations- und Lichttechnik verbreiteten Elektrizität das Dampföl, welches aus Kohle und Wasserdampf großtechnisch erzeugt wurde. Es erwies sich durch seine Pumpfähigkeit transportabler als die Kohle und man konnte es beliebig speichern. Auch war man damit von den Fundorten der Erdöle unabhängig, die nur an ganz bestimmten Stellen aus der Erde sprudelten und deren gezielte Aufsuchung immer noch Probleme bereitete. So nahm man lieber die allseits billig verfügbare Kohle und extrahierte daraus das Dampföl. Eine Person war mit der Dampfölerzeugung in besonderem Maße verbunden, und das war der alte J.W. Steam. Er machte seinem Namen damit alle Ehre. Das Erzeugungsverfahren hatte er als junger, reicher Erbe einer Maschinenbaufirma für einen Spottpreis von einem armen Ingenieur abgekauft. Damit gelang es ihm, einen weltweiten Energiekonzern aufzubauen. Seinen Enkel, den Multimilliardär J.F. Steam, welcher derzeit das Geschäftsimperium führte, nannte man nur „den Dampfölprinzen". Und er gebärdete sich ebenso aristokratisch, wie sein Spitzname vermuten ließ. Weltweit war es seiner Familie gelungen ihr Monopol auszubauen. Man musste keine Regierungen mehr bestechen. Die Macht der Familie reichte so weit, dass die aussichts-reichsten Politiker der wirtschaftlich bedeutenden Länder schon vor ihrer Wahl in die Regierung durch Zuwendungen und Versprechungen für die Zeit nach ihrer Amtsperiode korrumpiert waren. Natürlich gab es auch widerspenstige Politiker, die sich am Zuspruch des Volkes erfreuten. Doch die Denkbüros der Dampföldynastie, als steuerbegünstigte Stiftungen oder nichtstaatliche Organisationen getarnt, lieferten stets neue Ideen zur Erhaltung und Erweiterung der Macht. Diese Ideen musste man nur noch durch gekaufte Meinungsmacher umsetzen, welche das Volk weitestgehend subtil gegen die widerspenstigen Politiker aufhetzten, so dass diese nicht in einflussreiche Ämter gewählt wurden. Ein ähnliches Spiel trieben andere Besitzer der Großindustrie, welche die Elektroenergieerzeugung und die Kommunikationsindustrie unter sich aufteilten. Große und kleine Monopole standen zwar untereinander in Konkurrenz. Aber sie alle wussten, dass ihr sagenhafter Reichtum nur durch die emsige Arbeit des kleinen Mannes gespeist wurde, der in irgendeiner Branche sein Tagwerk verrichtete. Demzufolge hatten sie alle nur das Ziel, Millionen oder besser Milliarden von Menschen in zwei Abhängigkeiten zu bringen: Nämlich für sie zu arbeiten und ihre erarbeiteten Produkte konsumieren zu müssen. Durch die technische Entwicklung warf die Gesamtwirtschaft ein enormes Mehrprodukt ab. Damit war es möglich, den arbeitenden Menschen ein bezahlbares Heim, eine eigene Dampfölkutsche und moderne Kommunikationsmittel zu ermöglichen. Letztlich konnte man damit am Konsumverhalten der Arbeiter verdienen, ohne dass sie es merkten. Gebotener Luxus kostet eben seinen Preis und zwingt, mehr oder intensiver dafür zu arbeiten. Natürlich ist die Reduktion der Nutznießer dieser wirtschaftlichen Prosperität auf nur drei Monopole zu kurz gegriffen. In Wirklichkeit verdienten auch einige andere Milliardäre und ein Vielfaches an Millionären an der Arbeit des kleinen Mannes. Aber die großen Entscheidungen werden nun einmal von den mächtigsten Leuten getroffen. Alle anderen folgen dem allgemeinen Trend und richten ihre weitere Tätigkeit danach aus. Das geschieht in etwa so, wie Fahnen im Wind immer in dieselbe Richtung flattern. Nun erzeugen technisch-technologische Innovationen immer einen bedeutenden Bedarf an diesen neuen Produkten. Ist der Markt einmal gesättigt, flacht die Wachstumskurve ab und die Gewinne sprudeln nicht mehr so immens wie vorher. In dieser Phase befinden sich die großen Monopole im Alarmmodus, da die menschliche Gier nach noch mehr Reichtum grenzenlos ist. Wie sagte schon ein chinesisches Sprichwort: „Das Streben, seine Wünsche nach Besitz zu befriedigen, heißt Feuer mit Stroh zu löschen."

Der Dampfölprinz J.F. Steam lief ungeduldig auf der Sonnenterrasse in seinem opulenten Anwesen auf und ab. Er erwartete hochkarätige Gäste. War es nicht dreist, dass man ihn, den reichsten Mann der Welt, warten ließ? Schon vor zehn Minuten sollte das Arbeitsessen beginnen. Ein Angestellter meldete gerade, dass zwei schwarzverglaste Dampfölkutschen in die Einfahrt zum Anwesen eingebogen sind und gerade vom Wachschutz zum Haupthaus eskortiert werden. Steam war ein energischer, ungeduldiger Mensch und so fluchte er leise vor sich hin. Unpünktlichkeit konnte er nicht leiden. Es war offensichtlich, dass die beiden Multimilliardäre, die ihm charakterlich glichen, dadurch ihre Hausmacht und Unabhängigkeit demonstrieren wollten. Er beruhigte sich bei dem Gedanken, dass beide zusammen nicht einmal die Hälfte seines Besitzes ihr eigen nennen konnten. „Ach ihr armen Würstchen", dachte er, „ich werde euch schon gehörig empfangen, da könnt ihr sicher sein." Da sah er schon die beiden mächtigen Dampfölkutschen auf den Vorplatz einfahren. Ihre Begleiter stiegen aus und rissen die hinteren Seitentüren der Dampfölkutschen auf. Zwei beleibte Herren stiegen aus und kamen gemächlichen Schrittes miteinander schwatzend die Freitreppe zur Terrasse herauf. G.A. Bolten, der dickere von beiden, war der Besitzer des Stromkonzerns Elektrolight. Der nur etwas weniger beleibte A.J. Walters nannte den Weltkonzern Elkom & Computing sein eigen, der sich mit Telekommunikation und Rechentechnik befasste. Die beiden wussten nicht, dass auch Steam über Strohmänner gewisse Anteile ihrer Firmen erworben hatte. Demzufolge lag ihr Geschäftserfolg auch in seinem Interesse. „Meine Herren", rief Steam ihnen grinsend zu, „sie kommen eine Viertelstunde zu spät. Sie haben wohl ihren Bus verpasst?" Dieser Seitenhieb saß offensichtlich. Schwitzend und mit rotem Gesicht rief der Dickere von beiden: „Steam, Sie alter Halunke, wichtige Geschäfte haben uns aufgehalten. Sie ahnen gar nicht, welche Nachrichten wir mitbringen!" Steam verzog das Gesicht und dachte: „Was werdet ihr schon wissen, was ich noch nicht weiß. Ihr zwei ewigen Verlierer im Rennen um den Preis des reichsten Mannes der Welt, was könnt ihr mir schon Neues berichten?" Doch schon gleich sprach er sie freundschaftlich an: „Mister Bolten, Mister Walters, ich freue mich, dass Sie mir in meiner bescheidenen Hütte Ihre Ehre erweisen." Die beiden Dicken bauten sich vor dem hageren Steam auf und schüttelten ihm die Hand. Inzwischen war die Nachricht ihres Eintreffens in der Küche angekommen. Die Köche hatten schon vor Aufregung geschwitzt, weil sie mit der minutengenauen Planung des Menüs arg durcheinandergekommen waren und die fertigen

Speisen nun warmhalten mussten. Mister Steam duldete keine Schlamperei. Wenn etwas nicht klappte, flog der Verantwortliche von seinem Posten. Endlich saßen alle drei am Tisch und der Aperitif wurde gereicht. Während der ersten Gänge des Menüs schwatzten die drei etwas ungezwungen über Belanglosigkeiten. Nach dem Dessert reichten die Diener erlesene Getränke und traten dezent außer Hörweite. „So meine Herren, jetzt sind wir ganz unter uns", begann der Dampfölprinz. „Na endlich, nun können wir Tacheles reden", stöhnte Bolten und begann: „Also, was ich Ihnen sagen wollte, ich habe da eine Studie von meinem Denkbüro bekommen, die war schon etwas beunruhigend, das muss ich Ihnen sagen." „Soo?", fragte Steam bohrend, „was ist es denn diesmal, geht die Welt unter oder breitet sich der Kommunismus aus?" Bolten fühlte sich nicht ernst genommen, fuchtelte mit den Händen herum und rief: „Ach Sie mit Ihrer Überheblichkeit, auch Ihrem Geldsack geht es an den Kragen! Wollen Sie nun von der Studie hören oder nicht?" Steam brummte etwas Versöhnliches und Bolten ergriff erneut das Wort: „Meine Herren, eine Studie meines Hauses, die in die Zukunft blickt, verheißt uns nichts Gutes. Eines meiner Büros analysiert aktuelle Trends und entwickelt daraus Prognosen für die Zukunft. Unser Geschäftsmodell ist in Gefahr. Die Menschen sind gesättigt, gut gekleidet, unterhalten und die Mehrheit nennt eine Dampfölkutsche und ein Haus ihr Eigen. Mit der Erfüllung verschiedener materieller

Wünsche, die unseren vermarkteten Erfindungen entstammen, geht eine gewisse Zufriedenheit einher. Mein Büro prognostiziert einen bemerkbaren Rückzug der kleinen Leute in nichtkommerzielle Individualhobbys." „Na und", unterbrach ihn Steam, „dann gehen wir wenigstens den ständigen Neiddiskussionen aus dem Weg." „Na hören Sie mal, denken Sie doch weiter. Diese Entwicklung bedeutet weniger Konsum, weniger Arbeit, weniger Umsätze. Wenn sich das Hamsterrad des Pöbels langsamer dreht, gehen unsere Gewinne zurück", griff Walters in die Diskussion ein. Steam sah das anscheinend nicht so und wiegte zweifelnd den Kopf. Seine Macht hatte ungeahnte Größen erreicht. Er wähnte sich bestens informiert, doch kommt es gerade in solchen Konstellationen vor, dass negative Nachrichten nicht bis ganz nach oben dringen. Um auf die Vorlage einzugehen, wiegelte Steam ab: „Wir werden uns schon etwas einfallen lassen, bis jetzt ging es doch auch gut. Wenn alles nichts hilft, machen wir eben einen Krieg. Damit können wir unsere geostrategischen Positionen verbessern. Wenn es schiefgeht, verdienen wir uns am Wiederaufbau eine goldene Nase. Am Krieg ist noch keiner unseresgleichen arm geworden." „Wertester, so etwas konnten Sie vor fünfzig Jahren machen. Heute ist Krieg gesellschaftlich nicht mehr akzeptiert. Nachdem wir die Nationen entmachtet haben, möchte keiner mehr für sein Vaterland sterben. Wen sollten wir da aufeinander hetzen?", antwortete Bolten. „Aber dafür haben wir doch die unterschiedlichen Kulturen und Religionen weltweit stark vermischt.", gab Steam zu bedenken. Bolten konterte: „Mein lieber Freund, wir taten das in der Absicht, beim Plebs die Konkurrenz zu verschärfen. Reizen wir dieses Konfliktfeld, entsteht höchstens ein Bürgerkrieg. Der nützt uns wenig, es geht dabei zu wenig kaputt und man kann nichts erobern. Außerdem kann ein Bürgerkrieg unübersichtlich und langwierig werden, das schadet der Wirtschaft und schmälert unsere Gewinne. Der Plebs wird zudem unzufrieden und rennt vielleicht noch den Kommunisten hinterher." „Na gut", sagte Steam, „dann holen wir uns den Gewinn aus Preissteigerungen oder wir drücken die Löhne." „Sind Sie wahnsinnig, das wäre erst recht Wasser auf die Mühlen der Kommunisten!", rief Bolten aus. „Es ist ein Kreuz", mischte sich Walters ein, „bisher jagten wir eine Erfindung nach der anderen um den Erdball. Die Menschen waren verrückt danach und arbeiteten hart dafür, sich diese leisten zu können. Haben denn unsere Entwicklungsbüros keine Ideen mehr?" „Doch, schon", ließ sich Bolten vernehmen, „aber die Menschen sind anders geworden, sagen meine Experten. Sie sind der vielen Möglichkeiten überdrüssig geworden, mit denen wir sie in den Konsum gelockt haben." „Hören Sie doch auf mit dem Kleinkram, Ihrem Individualkonsum, wir müssen mehr hin zu Großprojekten. Sehen Sie, dieses Papier von meinem Entwicklungsbüro habe ich mir gestern durchgelesen, es betrifft gigantische Verkehrs-,

Energie- und Kommunikationsverbindungen", sprach Steam triumphierend und warf einen grünen Hefter auf den Tisch. „Lassen Sie mal sehen" entgegnete Walters interessiert und angelte sich die Akte: „Oho. Eine sichere, wetterunabhängige und universale Tunnelverbindung rings um die gesamte nördliche Hemisphäre für den Transport von Gütern, Personen, Energie und Daten. Hier: Bauabschnitt römisch eins, Atlantiktunnel. Nordamerika und Europa exklusiv verbinden. Dieser Kapitaleinsatz wird hunderte Jahre lang Gewinne abwerfen. Aber hier steht auch: Technische Schwierigkeiten und Höhe der Unterhaltungskosten nicht abschließend kalkulierbar." Der dicke Bolten mischte sich ein: „Technische Schwierigkeiten nicht kalkulierbar, das gefällt mir gar nicht. Das Technische muss klar sein. Gesellschaftliche Schwierigkeiten sind kein Problem, die lassen sich mit einem überschaubaren Geldeinsatz lösen. Politiker, Regierungen und die Meinung der Masse sind einfacher zu überwinden als lavaspuckende Felsmassive im Atlantik. Von wem stammt diese Idee überhaupt?" „Von einem Team unter der Leitung des talentierten Ingenieurs Mac Allen", warf Steam ein. „Ist schon klar, dieser talentierte Ingenieur möchte sich selbst gern ein Denkmal setzen. Aber was fällt für uns dabei ab? Amortisieren wird sich der Tunnel erst bei unseren Enkeln. Was steht noch so an Projekten drin?", schnaufte Bolten. Walters las weiter: „Hier steht, mittels einer Geschossgranate und Hilfsraketen soll vom Pol aus ein superfester Faden bis auf den Mond geschossen werden. Damit kann man kostengünstig den Mond kolonisieren. Möglicherweise findet man dort Rohstoffe, oder der Mond erweist sich als anderweitig nutzbar. Gibt es dazu keine Möglichkeit, kann die Seilbahn immer noch als Reisemittel für den Mondtourismus dienen." Der dicke Bolten bekam einen roten Kopf, heute schien er besonders angriffslustig und schlagfertig zu sein. So polterte er auch gleich los: „So ein Schwachkopf. Den Mondtourismus können sich ja nur wenige Reiche leisten, da verdienen wir nichts dran. Begreifen Sie doch endlich meine Herren, wir brauchen etwas, was für den normalen Plebs so unverzichtbar wird, dass er bereit ist länger und härter dafür zu arbeiten als bisher." „Na dann machen Sie doch einmal Vorschläge, meckern kann jeder", antwortete Steam. „Ja, entschuldigen Sie. Vorschläge habe ich auch nicht. Dennoch wollte ich Sie beide über diese neue Entwicklung in Kenntnis setzen. Mal so als Gedankenanstoß für Ihre Denkbüros.

Vielleicht liege ich auch falsch. Wir sollten aber vorbereitet sein, wenn etwas aus dem Ruder läuft.", meinte Bolten und nahm einen Schluck aus seinem Whiskyglas. Die beiden anderen nickten zustimmend und hoben auch ihre Gläser. „Cheers, meine Herren. Ich danke Ihnen für Ihre ehrliche Meinung. Sollen sich doch unsere Denkbüros weiter mit dem Problem auseinandersetzen. Kommt Zeit, kommt Rat", schloss Steam, bevor die Runde zum gemütlichen Teil überging, der aus der Verkostung seiner erlesenen Whiskysorten bestand. Insgeheim wurmte es Steam natürlich, dass die von Bolten aufgezeigte Entwicklung ausgerechnet bei ihm noch nicht angekommen war. Er besaß ein gigantisches Netzwerk zum Sammeln und Analysieren von Informationen. Die meisten dieser Büros waren über Strohmänner organisiert und wussten nicht einmal, dass sie für ihn arbeiteten. Auch waren ihre Aufgabenstellungen stark spezialisiert und wurden erst nach oben hierarchisch gebündelt. Sollte Boltens Netzwerk eine bessere Struktur besitzen? Vielleicht hörten seine Analysten auch nur das Gras wachsen und es war nichts dran an der Sache. Von einem drastischen Konsumrückgang berichtete keine seiner Quellen, wenn sich auch die Gewinnkurven etwas abflachten. Aber das konnte alle möglichen Gründe haben. Trotzdem ließ ihn der Gedanke nicht los, dass er als reichster Mann der Welt umschmeichelt wurde und man ihm möglicherweise schlechte Nachrichten einfach vorenthielt. „Sind meine Denkbüros vielleicht doch zu vertikal strukturiert und der sonst so kurzsichtige Bolten hat sein Ohr näher an der Masse?", fragte er sich. Nun ja, sein Ehrgeiz war geweckt und die Zeit war vorbei, sich auf der Höhe seiner Macht auszuruhen. Gleich morgen wollte er ein paar Korrekturen vornehmen lassen.

IST DIE ERDBAHN NOCH ZU RETTEN?

Der berühmte Astronom Keplavelli saß in seinem Observatorium vor dem Schreibtisch und betrachtete Tabellen mit Zahlenkolonnen. Seufzend schaute er auf und schüttelte den Kopf. Auch hier schien wieder einmal nichts zu passen. Die aktuellen Lagedaten der Fixsterne zeigten im Vergleich mit seinen alten Messungen allesamt eine Verschiebung. Hatte sich in fünfzig Jahren das Universum deformiert? Wohl kaum, die Verschiebung fiel gegenüber allen Fixsternen ähnlich aus. Nach wochenlangen Fehlerberechnungen gab es für ihn keinen Zweifel mehr. Die Erdachse und die Erdbahn müssen sich, wenn auch gering, verändert haben! Das hatte er am wenigsten erwartet. Sein Plan fing doch so hoffnungsvoll an. Wollte er doch ein Werk herausbringen, das ihm am Ende seiner Wissenschaftskarriere ein würdiges und weltweit beachtetes Denkmal setzen sollte. Dazu besann er sich nach jahrzehntelangen Untersuchungen ferner Planeten wieder auf sein altes Forschungsthema, mit dem er sich seine ersten Sporen in der Astrowissenschaft verdient hatte. Doch nun das! Die Daten zur Schräglage der Erdachse, der Ellipsenform der Erdbahn und der Richtung der Schräglage der Erdachse schienen nicht mit denen übereinzustimmen, die er als junger Doktorand mit fast demselben Teleskop gemessen hatte. All das stimmte ihn missmutig. Für neue, umfangreiche Untersuchungen fehlte ihm schlichtweg die Zeit. Sein fortge-

schrittenes Alter machte sich seit mehreren Monaten deutlich bemerkbar. Sollte er die Klärung der Unstimmigkeiten seiner Messungen jüngeren Kollegen überlassen? Wohl kaum, denn diese heimsten dann den ganzen Ruhm ein und sein Name würde in den Randglossen und Quellenverzeichnissen seiner Nachfolger versacken. Nein, die Welt sollte noch etwas von ihm hören, bevor er im Altersheim ans Pflegebett gefesselt sein würde. Schnell extrapolierte er seine festgestellten Bahnveränderungen der Erde. Mit der Erdbahn werden sich auch Klima und Jahreszeiten verändern. Wenn das nicht spektakulär genug wäre! Auf alle Fälle besser als sein geplantes langweiliges Abschlusswerk von der Erdbahn, das eh nur die Fachkollegen beifällig nickend zur Kenntnis genommen hätten. Er nahm seinen elektromagnetischen Kommunikator zur Hand, den sie damals nur kurz „Elkom" nannten, und sprach mit dem Herausgeber der Wissenschaftszeitschrift „Space". Etwa eine Stunde später saß er in einer gemieteten Dampfölkutsche, die ihn zu der Redaktion ebendieser Zeitschrift brachte. Im Büro des Chefredakteurs, man kannte sich von früheren Publikationen, erhielt er die Zusage für die zeitnahe Veröffentlichung seines Artikels. Dessen Titel war: „Veränderungen der Erdbahn und ihre Folgen für die Menschheit". Natürlich lasen diesen Artikel nur wenige Fachleute, die aber zu ihrer Verwunderung Keplavellis Daten bestätigen konnten. Nun titelte die Boulevardpresse, allgemein für ihre Affinität zu spektakulärem Fatalismus bekannt: „Kippt die Erde um?", „Rätselhaftes Kippen der Erde", „Die Erde schlingert – naht das Ende der Welt?"

Ein junger Doktorand beschäftigte sich just zu dieser Zeit mit Theorien zur Entstehung des Universums. Nach seiner Meinung sollte sich das Universum in einer „Urexpansion" aus einer masselosen Energiesingularität ausdehnen und alle Sterne und Planeten entstehen lassen. Alles beruht auf der rein automatischen Folge von Ursache und Wirkung. Also wäre die Existenz der Erde und das Leben darauf eine unwillkürliche, zufällige und gesetzmäßige Laune der Natur. Willkürliche Akte der Beeinflussung und Veränderung dieses Systems sind ausgeschlossen. Er publizierte seine Theorie auch in der Zeitschrift

„Space" wie Keplavelli. Der Zufall wollte es, dass beide Artikel in derselben Ausgabe abgedruckt wurden.

Ein Sozioökologe, der sich als Autor populärwissenschaftlicher Artikel in verschiedenen Zeitungen betätigte, kam beim Lesen beider Artikel zu folgendem Schluss: Da aus den paläoklimatischen Daten keine kompletten Rotationsbewegungen der Erdachse quer zur Ekliptik ableitbar sind, erscheint nur eine Lösung denkbar: Die beobachteten Bahnabweichungen der Erde in der Gegenwart haben just erst begonnen, oder verlaufen extrem schneller als früher. Demnach muss die Ursache dafür in der Gegenwart gesucht werden. Was war also jetzt anders? Bisher bestimmten allein die physikalischen Gesetze von Ursache und Wirkung die Bewegung aller Materie des Universums. Jeder Planet zog seine exakten Ellipsen um seine Sonne und jeder Stein fiel früher oder später als Meteor auf den nächstgrößeren Himmelskörper herab. Doch all diese Gesetze wurden durch das selbstbestimmte Handeln des Menschen durchbrochen. Milliarden von Menschen bewegen sich sowie größere Lasten mithilfe von Maschinen willkürlich hin und her, ja sogar mittels dampfölgetriebener Flugmaschinen fast bis zum Erdmond hinauf. Das sind zwar nur geringe Bewegungen, aber sie laufen aufgrund ihrer willkürlichen Bestimmtheit dem natürlichen Ursache-Wirkungs-Prinzip entgegen. Die Änderung von Erdachse und Erdbahn könnte also durch die unzähligen Massebewegungen der Menschen verursacht worden sein.

Zweifellos sind die menschengemachten Impulse sehr klein. Aber die neu postulierte Chaostheorie, welche einen Schmetterlingsflügelschlag in Asien für die Ursache eines Unwetters in der Ägäis verantwortlich macht, lässt auch diese Annahme zu. Willkürliche, menschengemachte Beschleunigungen auf der ganzen Erde sind asynchron, also heben sich nicht gegeneinander auf. Auch wären Verstärkungen durch Resonanz denkbar. Demzufolge gilt in diesem Fall der Impulserhaltungssatz für ein geschlossenes System nicht mehr. Der willkürlich erzeugte Bewegungsimpuls wirkt dann nicht nur allein auf die Erdbahn, sondern pflanzt sich auch im Universum fort. Alle Planeten und auch die Sonne werden von den Bewegungsstörungen der Erde beeinflusst. Durch Kipppunkte, an denen mit kleiner Kraft sehr große Massen in die entgegengesetzte Richtung umgelenkt werden können, erscheint es denkbar, dass die Expansion des Universums gestoppt und innerhalb kürzester Zeit umgekehrt werden kann. Ergo könnte durch die unkontrollierten Bewegungen der Menschen das Universum kollabieren. „Dass da noch niemand drauf gekommen ist", dachte sich der Sozioökologe, „dieser spektakuläre Zusammenhang wäre doch einen Artikel wert!" Und so veröffentlichte er seine Hypothese in der Zeitschrift einer Umweltschutzbewegung. Abschließend formulierte er, dass es möglicherweise geboten erscheine, den Umfang menschlicher Bewegungsvorgänge sinnvoll zu begrenzen.

Die Reaktion der Regenbogenpresse ließ nicht lange auf sich warten. Gleich prangte auf der ersten Seite der BALD-Zeitung: „Mensch schuld am Schlingern der Erde – folgt ihr das ganze Universum in den Untergang?" Viele Menschen waren irritiert, um nicht zu sagen, tief erschrocken. So mancher Rheinländer ging am Abend dieses Tages in seinen Keller und zog eine oder zwei verstaubte Weinflaschen aus dem Regal. Die besten Jahrgänge sollten möglichst noch vor dem Weltuntergang ausgetrunken sein. Nach einigen Tagen kamen den meisten Lesern Zweifel am Wahrheitsgehalt des Artikels. Zu unmöglich schien ihnen die Annahme, dass in absehbarer Zeit das Universum kollabiert. Hatten doch einige noch die Schlagzeilen älterer BALD-Artikel in schwacher Erinnerung wie „UFOs über dem Mittelmeer gesichtet" oder „Nachbar verhext Kuh – Bauer ratlos" und maßen nach dem ersten Schrecken dem Weltuntergangsgerücht keine größere Bedeutung mehr bei. Andere Menschen wiederum haben für diese Art von Nachrichten feine Antennen.

Eine gewisse Meta Vorwerk machte plötzlich von sich reden. Sie legt sich jeden Mittwoch im Park in ein offenes Zelt und – schläft den ganzen Tag! Nach einem Monat sind es plötzlich ein Dutzend Zelte, die mittwochs im Park stehen. Vor den Zelten drängen sich einige junge Frauen um einen Mann, dessen üppiger Bartwuchs nahtlos in seinen selbstgestrickten Wollpullover überzugehen scheint. Er spielt auf der Gitarre eine Art Schlaflied: „Hmm, hmm, du, gib der Erde Ruh …!" Die Frauen wiegen sich im Takt des Liedes. Nachdem der Barde geendet hat, gehen sie alle zum Schlafen in ihre Zelte. Neben den Zelten steht ein Spruchband mit der Losung: „M.F.U. – MITTWOCH FÜRS UNIVERSUM!"

Das war eine kleine Sensation. Demonstrationen oder öffentliche Protestaktionen gab es schon hin und wieder, aber irgendwie ging von diesem Häuflein ein besonderer Charme aus. So begab sich auch ein Reporter der BALD-Zeitung unverzüglich an den Ort des Geschehens. Im Interview mit ihm sagte Meta Vorwerk: "Die Berichte der BALD-Zeitung haben mir die Augen geöffnet. Wir Menschen rammeln die ganze Woche auf der Erde rum, nur am Sonntag geht es etwas ruhiger zu. Bevor ihr unsre Erde mit euren schweren Fuhrwerken und Dampfölkutschen aus dem Gleichgewicht bringt, haltet ein! Als Protest gegen die Bewegungsunruhe der Menschen wollen wir gemeinsam jeden Mittwoch in Bewegungsstreik treten und von sechs bis zweiundzwanzig Uhr der Erdkugel Ruhe vor unseren Bewegungen gönnen. Haltet Ruhe! Bewegt euch so wenig wie möglich! Fahrt nicht mit euren schweren Dampfölkutschen! Nur so kann sich unsere Erde wieder einpendeln und wir retten damit den Fortbestand des ganzen Universums!" Am Mittwoch nach dem Erscheinen dieses Artikels füllte sich der komplette Park mit Zelten. Hauptsächlich Hausfrauen, Studenten und Schüler lagen drin. Die meisten Passanten warfen dem Zeltlager nur einen abschätzigen Seitenblick zu und sagten dazu: „Die wollen doch nur faulenzen!" Andere ergriffen für die M.F.U.-Bewegung Partei: „Da ist was dran, die Astronomen haben in den Observatorien der gesamten Welt die Messwerte bestätigt. Die Erdachse kippt, das lässt sich nicht wegdiskutieren. Die Leute haben also mit ihrem Anliegen recht. Und außerdem kann ein weiterer Ruhetag in der Woche wahrlich nicht schaden."

Bei Mr. Walters klingelte das Elkom. „Was haben Sie angerichtet, Sie … Idiot! Wie konnten Sie diese närrischen Artikel in Ihrer BALD-Zeitung zulassen?", hörte Walters den Dampfölprinz toben. „Was … wie bitte … ich … ich, ääh", stotterte Walters verdutzt, erlangte aber schnell seine Fassung wieder und sprach leise aber bestimmt in den Hörer: „Mäßigen Sie sich Mr. Steam. Ihr direkter Anruf verstößt gegen unsere Absprachen. Nein, schweigen Sie, keine Details! Wenn das jemand mitschneidet, also nein, wie unprofessionell. Wir treffen uns morgen, so wie vor zwei Monaten, da können Sie mir alles erzählen." So kam es, dass sich die drei Magnaten der Weltwirtschaft wieder auf der Terrasse von Mr. Steams Anwesen einfanden. Ihr nächstes Treffen war eigentlich erst geplant, wenn sie brauchbare Ideen für die Lösung ihres letzten Problems ersonnen hätten. Doch irgendwie schienen ihre Denkbüros träge geworden zu sein. Es gab schon den einen oder anderen Vorschlag, in den konsum-überdrüssigen Menschen wieder neue Bedürfnisse zu

44

wecken. Aber all diesen Ideen fehlte es an echter Überzeugungskraft. Kaum saßen Bolten und Walters am Tisch, ein Arbeitsessen war für heute nicht vorgesehen, so überfiel Steam den Zeitungsmagnaten Walters mit Vorwürfen. Warum protegiere er die Spinnereien verkorkster Astronomen und die Faulenzerbewegung der Meta Vorwerk in seiner BALD-Zeitung? Ob er sich nicht bewusst sei, damit die Weltwirtschaft zu schädigen? Walters räusperte sich verlegen und begann: „Also erstens muss ich zugeben, meine Zeitungsleute haben da nicht so weit gedacht. Meine Richtlinie an die Chefredakteure lautet, dass ab und zu auch spektakuläre Nachrichten auftauchen sollen, die den Menschen ein bisschen Angst machen. Die planmäßige Verwirrung und Verunsicherung des Pöbels haben wir vor vielen Jahren genau hier auf Ihrer Terrasse vereinbart, oder wissen Sie das nicht mehr? Über die Konsequenzen der aktuellen Artikel wurde ich erst informiert, als es zu spät war. Wissen Sie, es tut mir leid, aber die Tragweite der Ereignisse um diese Meta Vorwerk hat mein Radar komplett unterlaufen, Mister Steam." Dieser war immer noch aufgebracht und fuchtelte wild mit den Armen: „Das kann doch nicht sein, lesen Sie ihre eigenen Zeitungen nicht, oder was?" „Beruhigen Sie sich Gentlemen, diese Vorwürfe bringen doch nichts", versuchte der dicke Bolten zu vermitteln. Steam setzte sich trotzig und rief: „Ich verlange, dass Ihre Zeitungen einen anderen Kurs einschlagen. Bringen Sie diese Meta Vorwerk in Misskredit. Diese

Graswurzelbewegung ist schlichtweg geschäftsschädigend. Der Verbrauch an Dampföl geht zurück, nicht zu sprechen von der gesamten Wirtschaftsleistung. Soll der Mittwoch denn ein zusätzlicher Sonntag werden? Ein Tag mehr Nichtstun in der Woche, da wird ja nicht mal mehr konsumiert. Die Umsätze werden einbrechen. Es soll schon Streiks auf Transportmitteln gegeben haben. Züge und Dampfölkutschen wurden am Fahren gehindert. Eigentlich müsste der Staat eingreifen, die Polizei …" Bolten sagte beschwichtigend: „Lieber Mister Steam, ich verstehe Ihre Situation. Doch bedenken Sie: Haben wir nicht inzwischen der Durchgriffsmacht staatlicher Institutionen, einschließlich der Polizei einen Maulkorb angelegt? Wissen Sie noch, unser Treffen vor zehn Jahren im Herbst, ja genau hier fand es statt. Nun ist unser Plan von damals aufgegangen. Auf den Staat und die Polizei können wir nicht mehr zählen, die sind ja inzwischen zu zahnlosen Buhmännern geworden. Werden die wieder tätig, drehen die Leute durch und wir haben den Mob gegen uns. Wenn wir etwas erreichen wollen, müssen wir subtiler vorgehen. Wir fallen der M.F.U.-Bewegung in die Arme, bejubeln kurz ihre edlen Absichten und lassen sie dann ins Leere laufen. Sobald andere, schwerwiegendere Probleme auftreten, vergessen die Menschen den ganzen Quatsch. Zusätzlich starten wir in den Randmedien ein paar Kampagnen, welche die Astronomen als Alkoholiker und diese Meta Vorwerk als Psychopathin hinstellen und damit ernsthafte Zweifel an ihrer Glaubwürdigkeit erwecken. In einem Jahr redet dann keiner mehr über das komische Erdwackeln. Was halten Sie beide eigentlich persönlich davon?" Steam und Walters waren etwas verdutzt über diese Frage. Alles was sich der Logik der Gewinnmaximierung entzog, schien keinen Bruchteil eines Gedankens würdig zu sein. „Haben denn Ihre Büros nicht den eventuellen Wahrheitsgehalt eines menschengemachten Erdbahnwandels verifiziert?", bohrte Bolten nach. „Was soll der Quatsch?", warf Steam ziemlich ungehalten ein. „Nun ja, meine Büros halten es durchaus für möglich. Ein genauer Beweis ist aber derzeit nicht zu führen.", entgegnete Bolten. „Vielleicht ist das auch unsere Chance. Gleich ob wir an das Erdbahnproblem glauben oder nicht, wir könnten es doch für unsere Geschäfte nutzen, bevor andere das tun", sprach Walters plötzlich, nippte an seinem Whiskyglas und fuhr fort: „Mister Steam, sie wollen doch ihre Dampfölkutschen genauso gern fahren sehen, wie wir beide wollen, dass unsere Fabriken und Transporte laufen. Eine Bewegungseinschränkung oder gar ein Bewegungsverzicht kommt für uns nicht infrage. Deshalb ist mein Plan folgender: Zuerst machen wir den Menschen den Erdbahnwandel glaubhaft. Dazu fahren wir alles auf, Presse, Wissenschaft und die Graswurzelbewegung dieser, äh, Frau Vorwerk. Die Leute müssen nicht nur vage dran glauben, sondern schon ein bisschen Angst davor bekommen. Dann werden die Regierungen als alternativlose Maßnahmen kurzfristig Bewegungseinschränkungen erlassen und Bewegungsquantifikate erteilen. Also quasi werden die Bewegungen rationiert. Erwartungsgemäß regt sich dann etwas Widerstand. In dem Moment kommen wir rein zufällig mit einem genialen Geschäftsmodell ins Spiel, das mir soeben eingefallen ist. Mit meinem weltweiten know-how bei elektronischer Kommunikation und Rechenmaschinen werden alle menschengemachten Bewegungen erfasst, berechnet und durch gezielte Gegenbewegungen ausgeglichen. Jeder muss mitmachen, aber auch bezahlen und das weltweit. Wer sich dem verwehrt, wird quasi als Zerstörer des Universums gebrandmarkt. Ich höre schon unseren Kanzler vor dem Parlament verkünden: „Den Erdbahnwandel aufzuhalten ist unsere wichtigste Aufgabe, weil er die gesamte menschliche Existenz bedroht. Doch dies wird nicht kostenlos zu machen sein." Das wäre nur erst mal so grob meine Idee dazu. An den Feinheiten müsste man noch feilen, aber wozu haben wir unsere Denkbüros?" Bolten räusperte sich und meinte: „Hm, nicht schlecht. Ob das mit der Erdbahn nun stimmt oder nicht, in jedem Fall wären wir die Gewinner. Lässt sich der Erdbahnwandel damit aufhalten, ständen wir sogar noch als Retter der Welt da." „Ja natürlich, wer sollte sonst für die Rettung der Welt zuständig sein, wenn nicht wir! Uns gehört ja schließlich auch der größte Teil des Planeten", pflichtete Steam ihm mit breitem Grinsen bei. Das war ein Plan nach seinem Geschmack. Ein weltweiter Bedarf an neuen Technologien und Produkten würde entstehen. Außerdem hätten sie damit das Problem des schwächelnden Individualkonsums gelöst. Der Konsum ihrer Technologien und Produkte würde quasi zwangsweise zur Rettung des Universums von den Regierungen verordnet. Kein vernünftig denkender Mensch könnte sich einem wohldurchdachten Plan zur Rettung des Universums verschließen.

Ab diesem Zeitpunkt wurde Meta Vorwerk in der Presse nicht mehr als Exot oder Freak gehandelt. Politiker und glaubwürdige Autoritäten des öffentlichen Lebens saßen plötzlich mittwochs auf Klappstühlen vor ihrem Zelt und nickten ihr mit ernster Miene beifällig zu. Von einem anonymen Spender gesponsert, entstanden in allen größeren Städten mittwochs Zeltlager der Bewegungsstreiks. Anfangs kam es vor, dass sogar weitaus mehr Zelte als Streikende vorhanden waren. Aber da die leeren Zelte sorgfältig von „Zeltplatzwächtern" einer bis dato unbekannten Firma verschlossen wurden, fiel das keinem auf. Randalierer, Trinker und andere unangenehme Zeitgenossen hatten kein Glück, es sich in den Zeltlagern gemütlich zu machen. Schon nach kurzer Anwesenheit dieser Subjekte tauchten einige kräftige Männer auf, die im selben Look wie die meisten der Bewegungsstreikenden gekleidet waren. Umgehend beförderten sie die Störer aus den Zeltlagern hinaus. Doch selbst schienen die Helden nicht viel von ruhigem Schlaf im Zelt zu halten. Sobald die Störer entfernt waren, waren sie auch wieder verschwunden. Die Presse lobte jedenfalls mehrmals die plötzlich erwachte Zivilcourage rings um die Zeltlager. Nur selten musste die Polizei bemüht werden, um Störer der Bewegungsstreiks zu entfernen.

Der eher passive Fernsehkonsument bekam zuhause im Sessel ein richtig schlechtes Gewissen. Während er hier herumsaß und wegen der letzten Steuererklärung auf die Regierung schimpfte, gingen Leute für den Fortbestand des Universums auf die Straße. Frei nach ihrem Gewissen handelnde Menschen setzten gesellschaftliche Impulse und organisierten aus der Masse heraus ihr moralisch mehr als ehrenwertes Anliegen. Sie waren alle beseelt von dem Ziel, nicht weniger als einen weltweiten gesellschaftlichen Wandel des menschlichen Verhältnisses zur Natur anzumahnen und anzubahnen. Nun gab es aber auch viele, deren Tag mit Arbeit und Pflichten gefüllt war, so dass ihnen Zeit und Lust fehlten, sich mit dem neu diskutierten Problem der Erdbahn zu beschäftigen. Doch auch diese Menschen wurden spätestens dann erreicht, als kein Tag mehr verging, an dem die Schlagworte wie Erdbahnwandel, Erdbahnkrise und Bewegungsstreik in den Medien nicht wenigstens zehn- bis zwanzigmal genannt wurden. Diesem Trommelfeuer konnte sich auch der ärgste Ignorant nicht mehr entziehen. Die meisten waren nicht erfreut über die schlechten Nachrichten. Nun kann der Normalbürger weder die

Erdbahnänderung, noch den Einfluss der menschlichen Impulse darauf durch einfache Beobachtung nachprüfen. Demzufolge schwankten anfangs viele zwischen Ablehnung und Zustimmung hin und her. Letztlich überzeugten die Bilder der sich in den letzten Jahren häufenden schweren Erdbeben. „Wie schlimm es wirklich ist, wissen wir nicht. Aber es wird wohl etwas dran sein", sagten sich die meisten. Ein kleiner Teil der Bevölkerung war allerdings nicht so leicht zu überzeugen und sah durch die M.F.U.-Bewegung den Status quo der Gesellschaft bedroht. Besonders konservative Menschen stritten für ihr althergebrachtes Weltbild, das nun von „durchgeknallten Öko's und Esoteriktruden" in Frage gestellt wurde. Am schlimmsten wetterten die kleinen und mittleren Unternehmer. Der Bewegungsstreik sei für sie inzwischen nicht nur geschäftsschädigend, sondern auch existenzbedrohend. Wenn es so weiterginge, führe das geradewegs in den Faulheitskommunismus. Diese Unternehmer kamen sich zunehmend hilflos vor. Behörden und einflussreiche Personen des öffentlichen Lebens verhielten sich ihren Hilfegesuchen gegenüber zunehmend abweisend. Man bekam einfach keinen Fuß mehr in die Tür der vorher so bunten Medienlandschaft. Ein Artikel, welcher den Bewegungsstreik nicht gerade wohlgesonnen kommentierte und mit „Erdbahnschwindel - Kommunisten und Grüne planen Umsturz" titelte, konnte nur in einer bisher von Verschwörungstheoretikern dominierten

Zeitschrift erscheinen. Das war kein Erfolg, sondern bewirkte eher das Gegenteil. Ein bekannter Räucherofenfabrikant klagte auf einem Unternehmertreffen: „Warum ist unser Artikel gegen diese Chaoten ausgerechnet beim Schädel-Verlag gelandet? Es ist doch bekannt, dass dort nur Fanatiker, Psychopathen, Nihilisten und Ignoranten ihre Verschwörungstheorien publizieren. Sind wir denn schon so weit gesunken? Wer hat das eigentlich veranlasst, möchte ich gern mal wissen?" Alle Anwesenden zuckten mit den Schultern oder schüttelten verneinend mit dem Kopf. Es war einfach nicht herauszukriegen, wer den Text an den fraglichen Verlag lanciert hatte. Derweil appellierten zahlreiche aufgebrachte Unternehmer an ihre Unternehmerverbände, dem geschäftsschädigenden Verhalten der M.F.U.-Bewegung Einhalt zu gebieten. Doch die Großen beschwichtigten und wiegelten ab. Es sei gefährlich, gegen die Meinung des überwiegenden Teils der Gesellschaft Stellung zu beziehen. Man müsse sich jetzt ruhig verhalten, um keine Unruhen zu provozieren. Diese wären erst recht geschäftsschädigend. Natürlich würde man schon versuchen, im Stillen die Unternehmerinteressen zu vertreten so gut es eben ginge. In Wirklichkeit tat man nichts. Die M.F.U.-Bewegung schien auf einer geradezu gigantisch großen medialen Welle zu schwimmen. Das Triumvirat um Mr. Steam hatte beträchtliche Gelder in die Unterstützung der Bewegung gepumpt und finanzierte auch an vielen anderen Stellen unterstützende PR-Maßnahmen.

Besonders aufwendig war es, die Wissenschaft in die gewünschte Richtung zu lenken. Man konnte doch nicht jeden einzelnen Fachwissenschaftler bestechen. Sie hatten sich deshalb für die bewährte Taktik der „Big five" entschieden. Die fünf größten Institute wurden durch massive finanzielle Zuwendungen auf den Erdbahnwandel angesetzt. Meist folgten die kleineren Institute dem Trend der großen, um nicht auf der Strecke zu bleiben. Die Meinungen der Wissenschaftler gingen natürlich stark auseinander. Es gelang nicht, alle partikularen Ansichten nach der Windrichtung des neuen Zeitgeistes zu drehen. Durch gezielt herbeigeführte Kontakte wurden die hartnäckigsten Leugner des menschengemachten Erdbahnwandels in das Sammelbecken der als gesellschaftlich inakzeptabel gebrandmarkten rechten Parteien geleitet. Dort konnten sie ihre Thesen äußern, wurden aber vom Rest der Gesellschaft nicht mehr ernst genommen. Bei manchen wollte auch das nicht gelingen. Als Problem erwiesen sich einige emeritierte Wissenschaftler, die absolut keine Affinität zu rechten Parteien oder finanziellen Ködern zeigten. Doch auch für solche ungewöhnlichen Fälle ersannen die Denkbüros einfache, aber wirkungsvolle Lösungen. Es war schon ein hartes Stück Arbeit, die Wissenschaft auf Linie zu bringen. Aber es lohnte sich, denn diese Wissenschaft sollte schließlich die Legitimation für die Maßnahmen der Regierungen liefern. Die einfache Logik der alternativlosen Maßnahmen gegen das drohende Ende der Menschheit erwies sich als perfektes Totschlagargument gegen Spinnereien einzelner Demokratiefanatiker, die per Volksabstimmung die Mehrheit der Bevölkerung entscheiden lassen wollten. Dazu erklärten dann die Regierungsparteien der Mitte, dass ein Volksentscheid die Populisten der übelsten Sorte auf den Plan rufen kann. Da vertraue man lieber dem bewährten Rat der Wissenschaft. Mr. Steam und seine Geschäftsfreunde frohlockten. Besonders freute es sie, dass auch ihre bis dahin ärgsten Feinde, die Kommunisten, mit ziemlicher Überzeugung in den Kanon der Erdbahnretter einstimmten.

WIDERSPENSTIGE PROFESSOREN

Der Physikprofessor Mayer saß in seinem Büro und korrigierte gerade Belegarbeiten. Nebenbei dudelte sein Rundfunkempfänger. Mayer liebte es, allein zu arbeiten. Jede weitere Person im Raum, sei es sein Assistent oder die Sekretärin, empfand er als störend. Dagegen bot ihm das Rundfunkprogramm unaufdringliche Unterhaltung und forderte ihm zudem nur wenig aktive Aufmerksamkeit ab. Durch das Fenster fiel ein heller Streifen Sonnenlicht auf den Stapel mit den bereits korrigierten Heftern. Die Arbeit ging ihm heute gut von der Hand. Plötzlich hielt er inne und lauschte konzentriert. Im Rundfunk wurde vom heutigen Bewegungsstreik live aus dem Stadtpark berichtet. Schon gestern wurde das Thema Bewegungsstreik stündlich in den Nachrichten angesprochen. Heute gab Meta Vorwerk ein ausführliches Interview. Mayer stieß auf, dass sie sich bei ihren Ausführungen nur auf die Artikel der BALD-Zeitung und die Fernsehbilder der letzten Erdbeben bezog. „Hm, kein Wort vom Keplavelli?", fragte er sich. „Das wird den alten Sternengucker ja wurmen. Er hat die Geschichte mit den Unregelmäßigkeiten der Erdbahn doch erst ins Rollen gebracht." Mayer kannte Keplavelli aus seiner Studienzeit, die nun schon mehr als zwanzig Jahre zurücklag. Keplavelli war durchaus begabt, aber leider mit dem Nachteil einer stotternden Fistelstimme und einem hutzligen Aussehen bestraft. Bei seinen damaligen Vorlesungen über Astronomie geriet er regelmäßig in Rage, wenn die Stotteranfälle seinen Vortrag ins Stocken brachten. Umso mehr erheischte er Ruhm und Aufmerksamkeit durch seine Publikationen. Mochte er fachlich noch so brillant sein, die Hausfrau Meta Vorwerk besaß deutlich mehr Eloquenz und sah auch viel besser aus. Kein Wunder, dass man Keplavelli nicht in Rundfunk und Fernsehen zu Interviews einlud. Aber wenigstens hätte man in den Medien seinen Namen nennen können. Mayer zeigte kein deutliches Interesse an der öffentlichen Diskussion um die Erdbahnabweichungen. Dazu waren derzeit seine Gedanken viel zu sehr mit seinem Spezialgebiet beschäftigt. Er forschte an der technischen Machbarkeit eines Lasers für Gammaquanten. Damit würde man ungeheure Energien bündeln können. Mittels eines Gammalasers wäre es beispielsweise möglich, einen Asteroiden, der sich auf Kollisionskurs zur Erde befände, quasi zu verdampfen. Leider war Mayer bisher der Erfolg versagt geblieben. Alle Variationen der gepumpten Energieform und des Resonanzmaterials konnten nur inkohärente Gammastrahlung erzeugen, die um Größenordnungen unter der angestrebten Leistung blieb. Über das aktuelle Erdbahnproblem dachte er folglich nur oberflächlich nach. Er war eben kein Astronom, es interessierte ihn wenig. Nun waren Keplavellis aktuelle Bahndaten der Erde in der geforderten Genauigkeit bereits von einigen Astronomen weltweit verifiziert worden. Demnach konnte nach

Mayers Meinung auch ein Fehler in den historischen Bahndaten liegen. Diese waren erstmals vor fünfzig Jahren nur von Keplavelli etwa in den Größenordnungen der heutigen Messgenauigkeit bestimmt worden. Damals existierten weltweit noch keine anderen Messgeräte, die eine glaubhafte Referenz liefern konnten. Um seine Ehre als Physiker zu beruhigen, ging Mayer davon aus, dass möglicherweise die historischen Daten von Keplavelli fehlerhaft waren. Das war für ihn eine plausible Erklärung und er dachte erst einmal nicht weiter über das rätselhafte Erdbahnproblem nach.

Einige Wochen später sprachen ihn einige Studenten an, was er angesichts der aktuellen Diskussionen von der Sache mit der Erdbahn halte. Er war etwas überrascht und ließ sich zu einer Spontanäußerung hinreißen. Obgleich er die Forschungsergebnisse von Keplavelli und Kollegen mit dem gebotenen Respekt zur Kenntnis nehme, glaube er als Wissenschaftler nicht an die unseriösen Weltuntergangsprophezeiungen der BALD-Zeitung. „Lesen Sie nicht diesen Quatsch, schauen Sie lieber in ihre Lehrbücher, damit Sie ihre Prüfungen bestehen!“, hatte er ihnen geantwortet. Drei Wochen danach wurde Mayer zum Prorektor bestellt. Der machte ihm Vorwürfe, mit der Universitätsleitung nicht abgesprochene Stellungnahmen zum Erdbahnwandel abgegeben zu haben. In einer Druckschrift der Nichtregierungsorganisation „Save the Earth's orbit" prangerte man seine

Stellungnahme als provokante Leugnung des menschenverursachten Erdbahnwandels an. Im Nachsatz warf man ihm vor, dass er damit offenbar PR-Arbeit für die Dampfölindustrie betreibt. Mayer lachte und entgegnete: „Was soll das bitte? Gibt es eine ernstzunehmende Publikation, welche diesen Quatsch beweisen könnte? Und hören Sie mir auf mit der BALD-Zeitung und dem komischen Erdbebendokumentarfilm." Das Gesicht des Prorektors vereiste und er knurrte: „Sie wissen nicht, was Sie damit ausgelöst haben. Wegen Ihrer unbedachten Äußerungen hat unsere Universität wirtschaftlichen Schaden genommen. Die nicht unbeachtlichen Drittmittel von der Stiftung „Moderne Industrie" sind deshalb für drei Monate um die Hälfte gekürzt worden! Das Schreiben dazu kann ich ihnen zeigen. Hier, lesen Sie selbst!" Er warf eine ausgedruckte Elkom-Mail auf den Schreibtisch. Mayer machte ein ungläubiges Gesicht und las: „Leider sehen wir uns gezwungen, unsere Zuschüsse für Ihre Universität einstweilen zu kürzen. Unser Stiftungsgedanke orientiert sich an der Akzeptanz des freien Willens einer offenen und verantwortungsbewusst handelnden Gesamtgesellschaft. Mit Befremden mussten wir der Presse entnehmen, dass sich ein Vertreter Ihrer Universität über ein von namhaften Naturwissenschaftlern aufgeworfenes und von der offenen Zivilgesellschaft verantwortungsbewusst reflektiertes Problem voreingenommen und ignorant geäußert hat." Mayer wurde blass. Er wusste um die

Größenordnung der Zuschüsse dieser Stiftung. Dieser Verlust für die Universität war wirtschaftlich durchaus bedeutend. Er hatte einmal gelästert, die Drittmittel hießen deshalb so, weil sie inzwischen den dritten Teil des Budgets der Universität ausmachten. Hatten doch ausgerechnet seine Forschungen zur Lasertechnik dazu beigetragen, erfolgreich diese Drittmittel in bedeutender Höhe einwerben zu können. Mayer war wie vor dem Kopf geschlagen und stotterte: „Ja aber die Industriestiftung … nein das … aber das kann doch gar nicht sein! Warum macht so etwas ausgerechnet die Industriestiftung? Die müssten doch eigentlich etwas gegen die M.F.U.-Bewegung haben. Also der Bewegungsstreik wirkt sich doch negativ auf die Wirtschaft aus. Weshalb dreht da ausgerechnet die Industriestiftung uns den Geldhahn zu?" Der Prorektor verzog mürrisch das Gesicht und entgegnete: „Ja vielleicht weil sich die Stiftung nach ihrem Statut an ihrer Verantwortung gegenüber einer offenen Gesellschaft orientiert und deshalb ihren Einfluss nicht zum Eigennutz der Industrie missbraucht?" Angesichts so viel Scheinheiligkeit spürte Mayer Wut in sich aufsteigen und er konterte: „Na hören Sie mal, Sie wissen doch genauso gut wie ich, dass wir die Drittmittel der Industriestiftung nicht für gesellschaftliche Utopien sondern für unsere anwendungsorientierten Forschungen bekommen haben!" Der Prorektor ließ sich auf keine Diskussion ein und entgegnete: „Herr Mayer, offensichtlich haben Sie nicht die Tragweite Ihres Handelns erfasst. Die Leitung möchte disziplinarrechtlich gegen Sie vorgehen, weil Sie mit unbedachten Äußerungen der Universität einen schweren wirtschaftlichen Schaden zugefügt haben. Stellen Sie sich stur, kann ich nichts mehr für Sie tun, sehen Sie das doch ein!" Nach dieser Drohung lenkte Mayer notgedrungen ein und gab zu bedenken, dass seine Äußerung ja spontan im Gespräch mit Studenten erfolgt war. Außerdem wurde durch die nicht durch ihn autorisierte Veröffentlichung das Rechtsgut der Vertraulichkeit des Wortes verletzt. Die Universität sollte lieber die Publikationsmethoden dieser dubiosen Nichtregierungsorganisation „Save the Earth's orbit" gerichtlich anfechten, bevor gegen ihn disziplinarrechtlich ermittelt würde. Er wäre sowieso kein Experte für Astronomie und seiner rein persönlichen Meinung zu einer Fragestellung eines fremden Fachgebiets dürfte man deshalb kein besonderes Gewicht beimessen. Damit gab sich der Prorektor zufrieden und versicherte, ein Wort für ihn bei der Universitätsleitung einzulegen. Mayer musste ihm natürlich versprechen, bezüglich der Erdbahndiskussion keine Statements mehr abzugeben. Immer noch etwas verstört, saß Mayer danach in seinem Büro. Zuerst ärgerte er sich über die Art und Weise, wie mit ihm in dieser Sache umgegangen wurde. Aber nach kurzer Zeit begann er, über den eigentlichen Zankapfel, das Erdbahnproblem, nachzudenken. Er beschloss seinen alten Studienfreund

Hesmer zu kontaktieren, der sich nach dem Physik-
studium der Astronomie verschrieben hatte.

Inzwischen diskutierte man sogar in den Parlamenten
von fünf bedeutenden Industrieländern das Problem
des Erdbahnwandels. Zuerst wurde das Thema von
verschiedenen linken Oppositionsparteien aufge-
worfen, die in der M.F.U.-Bewegung stark involviert
waren. Ihre Diskussionsbeiträge geißelten die derzeitige Wirtschaftsordnung wegen ihres zwanghaften
Verlangens nach immer mehr Wachstum. Weniger
arbeiten, weniger Eingriffe in die Umwelt, dafür aber
eine gerechtere Verteilung des erarbeiteten Gewinns,
das waren die altbekannten Prämissen der linken
Parteien. Sie fühlten sich durch die wissenschaftliche
Erkenntnis eines durch die Menschen verursachten
Erdbahnwandels in ihren Thesen vollauf bestätigt.
Dementsprechend überheblich und radikal hörten sich
auch ihre Parlamentsreden an. Sie forderten beispiels-
weise ein Verbot privater Dampfölkutschen. Ihre
Anhänger rekrutierten sich hauptsächlich aus der
städtischen Unterschicht, welche zumeist keine eigenen
Dampfölkutschen besaßen und demzufolge von deren
Verbot auch nicht betroffen sein würden. Die Parteien
der bürgerlichen Mitte bezogen überraschenderweise
nicht gegen die These des Erdbahnwandels Stellung.
Sie stellten das Problem als Herausforderung für die
Gesellschaft dar. Selbstverständlich müsse man dieses
für die Menschheit existenzielle Problem ernst nehmen.
Deshalb soll versucht werden, dem Erdbahnwandel

mit praktikablen Lösungen zu begegnen. Den linken Parteien ging diese Absichtserklärung natürlich nicht weit genug und sie warfen der Regierung vor, das Problem zu verharmlosen. Daraufhin bekräftigten die bürgerlichen Regierungsparteien ihre Bereitschaft zu Maßnahmen gegen den Erdbahnwandel. „Wir werden dieses Problem gemeinsam lösen", versprach der Kanzler und fügte hinzu: „Natürlich ist die Rettung des Planeten nicht kostenlos zu bekommen. Aber wir wollen auch, dass dies sozial verträglich geschieht." Bei diesen Worten atmete der Großteil der Bevölkerung auf. Mussten doch die meisten werktätigen Menschen mit der eigenen Dampfölkutsche auf Arbeit fahren. Die Landbevölkerung war wegen der weniger dichten Infrastruktur besonders auf individuelle Mobilität angewiesen. Die Parteien des rechten Flügels wetterten dagegen offen gegen die angesprochenen Maßnahmen und bezeichneten die Theorie des Erdbahnwandels als kompletten Schwindel. Die unsinnigen Gegenmaß-nahmen würden den technischen Fortschritt hemmen und somit den Wohlstand der Gesellschaft ernsthaft gefährden. Sie wähnten sich als einzige Kraft, welche in ihren Thesen von der Industrie tatkräftig und vor allem finanziell unterstützt würde. In Wirklichkeit hatten alle drei politischen Lager für ihr entsprechendes Agieren auf politischer Ebene von den Großindustriellen finan-zielle Zuwendungen bekommen. Die linken Parteien schürten mit apokalyptischen Visionen die Angst der Menschen vor den Folgen des Erdbahnwandels.

Dagegen implizierte die Haltung der bürgerlichen Mitte eine gewisse Vernunft, indem sie das Problem anerkannte und versprach, nach Lösungen zu suchen, die für alle Gesellschaftsschichten akzeptabel wären. Nur die rechten Parteien manövrierten sich mit ihrer vehementen Leugnung des Problems ins Abseits und wurden von den anderen Parteien als Vertreter der Position des Großkapitals gebrandmarkt. Mr. Steam und seine Freunde konnten sich also die Hände reiben. Das Spiel lief so, wie es ihre Denkbüros ersonnen hatten. Bis jetzt stand eine geringe Zahl von überzeugten Erdbahnschutzaktivisten einer ebenso geringen Zahl von vehementen Leugnern des Erdbahnproblems gegenüber. Die breite Masse verhielt sich noch passiv. Es war ein schweres Stück Arbeit für die Denkbüros, diese breite Masse für das Problem des Erdbahnwandels behutsam und unauffällig zu sensibilisieren. Durch ständiges Wiederholen gewisser Nachrichten gelang es schließlich, einen Großteil der Menschen zu überzeugen, dass die autonome Bewegung der Menschen höchstwahrscheinlich eine Veränderung der Erdbahn und damit den Untergang der menschlichen Existenz herbeiführen wird. Die meisten waren nicht gerade froh über diese Botschaft. Man hatte durch harte Arbeit in den letzten Jahrzehnten endlich einen gewissen Wohlstand errungen und wähnte sich relativ sicher vor Kriegen und ähnlichen Krisen. Was sollte man also tun? Den Kopf in den Sand stecken oder sich den alternativlosen

Maßnahmen fügen? Die breite Masse entschied sich offenbar für letzteres. Nachdem die parlamentarischen Debatten in den größten Industrienationen entbrannt waren, wurden internationale Organisationen tätig. Regierungen versuchen gegenüber ihren Bürgern immer gern die unbequemen Maßnahmen als alternativlos zu verkaufen, indem sie sich auf zwingende Verpflichtungen gegenüber internationalen Organisationen berufen. Folgen einzelne Staaten diesen Verpflichtungen nicht, werden sie als autokratisch regierte Schurkenstaaten gebrandmarkt. Der neu gegründete Internationale Rat zum Schutz der Erdbahn IRSE konnte nicht ohne Freude feststellen, dass schließlich fast alle Staaten dem Erdbahnschutzprotokoll zustimmten. Zuerst einigte man sich darauf, kostenlose Bewegungsquantifikate an Behörden, Unternehmen und Privatpersonen zu vergeben. Diese Quantifikate rationierten die Bewegungen von Menschen, Maschinen und Verkehrsmitteln. Sie sollten den Gesamtumfang der Bewegungen begrenzen und konnten frei gehandelt werden. Insgesamt waren diese noch großzügig bemessen und schränkten die Menschen nur wenig ein. Kontrollmechanismen gab es faktisch keine, da ihre technische Machbarkeit noch in den Kinderschuhen steckte. Aber die Ingenieure der Rechenmaschinen- und Kommunikationsfirmen entwickelten hektisch geeignete Verfahren, um den Umfang der menschengemachten Bewegungen überwachen zu können. Ähnlichen Datensammelversuchen von Mr.

Walters Elkom-Unternehmen mit dem Ziel einer Konsumentenanalyse hatte die Politik bisher ablehnend gegenübergestanden. Man durfte keine Bewegungsprofile der tragbaren Elkom-Geräte erheben und auch keine Daten zum Nutzerverhalten an privaten Rechenmaschinen sammeln. Vielleicht bot sich mit der Bewegungsimpulsüberwachung eine Chance, die bisherigen Verbote zu umgehen.

Mayer klingelte im kleinen Vorort der benachbarten Universitätsstadt an der Eingangstür eines Einfamilienhauses. Ein Mann mittleren Alters in lässiger Sportkleidung öffnete ihm. Es war sein Studienfreund Hesmer. „Hallo May, schön dich wieder einmal zu sehen!", rief dieser zur Begrüßung. Ja, sie waren sich seit dem letzten Semestertreffen vor einigen Jahren nicht mehr begegnet. Nach einem kurzen Plausch wurde Mayers Miene plötzlich ernst: „Weißt du, ich wollte mich mal mit dir über unseren alten Keplavelli unterhalten. Was der losgetreten hat! Du glaubst nicht, wie scharf unsere Universitätsleitung bezüglich seines Erdbahnwandels geworden ist." Er erzählte die Begebenheit von den Folgen seiner unbedachten Äußerung, die ihm viel Ärger eingebracht hatte und schloss mit den Worten: „Du bist doch in der Astronomie tätig, was ist denn an Keplavellis Beobachtungen dran? Die ganze Welt scheint inzwischen deshalb verrückt zu spielen." Hesmer verzog sein Gesicht zu einem gequälten Grinsen. „Nein, der alte Hes lässt sich da nicht mit hineinziehen. Es ist eine glückliche Fügung, dass ich mich auf die Untersuchung bestimmter Strahlungsanomalien ferner Sternensysteme beschränkt habe. Hast du eigentlich auch eine Absichtserklärung unterschreiben müssen, bei deinen Forschungen zukünftig auf Erkenntnisse zum Erdbahnwandelphänomen zu achten? Bei uns Astrophysikern hängt von dieser Bereitschaftserklärung die Bewilligung besonderer Forschungsgelder ab. Man muss eben mit der Zeit gehen, wer lässt sich denn so etwas entgehen." Mayer schnappte nach Luft: „Das ist ja schlimmer als ich dachte. Ich wollte aber wissen, was du persönlich davon hältst." „Ich halte mich tunlichst fern von persönlichen Meinungsäußerungen. Dasselbe hättest auch du tun sollen, mein Guter." „Aber Hes, unsere Ehre als Wissenschaftler! Wir sollten doch eine eigene Meinung haben! Ein paar Vorzeigewissenschaftler schwingen jetzt große Reden, doch die übergroße Mehrheit ..." „... hält den Mund und scheint durch ihr Schweigen zuzustimmen, das wolltest du doch sagen, oder?", ergänzte Hesmer und fuhr fort: „Ich sage dir jetzt mal etwas. Kennst du noch den Professor Steinhuber? Du weißt schon, immer zerstreut, penibel-sensibel. Außerhalb seines Lehrfachs war er der brillanteste Hobbysternengucker vor dem Herrn." „Natürlich Hes, der müsste doch inzwischen gerade in den Ruhestand gegangen sein." „Ja genau. Frisch emeritiert konnte er sich wieder voll seinem Hobby widmen. In den letzten Monaten hat er mich mehrfach besucht. Ich glaube, er brauchte jemanden zum Reden. Auf alle Fälle schien er noch mehr durcheinander zu sein als früher. Nach Keplavellis Entdeckung hatte er sich am Erdbahnproblem festgebissen. Seine Lösungsgleichungen unter Einbeziehung historischer Beobachtungen unter Korrektur früherer Fehler bei der Beobachtungsgenauigkeit erschienen mir auf den zweiten Blick ganz vernünftig. Du weiß schon, es fiel uns schon früher schwer ihm zu folgen, weil er gleich mehrfach „um die Ecke dachte". Seiner Ansicht nach vollführen mehrere Bahnparameter der Erde periodische Schwankungsbewegungen, die durch extraterrestrische Gravitationsereignisse verursacht werden." Mayer kratzte sich am Kopf und meinte: „Und ich dachte, Keplavellis frühere Beobachtungen hätten bedingt durch die alten Messgeräte einen überproportionalen Fehler gehabt. Deshalb könnten sich zu den aktuellen Werten gewisse Differenzen ergeben." „Ja, das spielte wohl auch zu einem kleinen Teil mit hinein, meinte Steinhuber zu mir. Insgesamt sprach er ziemlich plastisch-trivial von einem „natürlichen Taumeln der Erde beim Tanz mit den anderen Planeten". War schon ein bisschen verrückt, der zerstreute Kerl. Aber nein, was ich hauptsächlich sagen wollte, er schien mir schon da psychisch ziemlich labil zu sein. Sein Artikel über die periodische Änderung der Erdbahnparameter war gerade von einigen Zeitschriften wegen angeblicher „unwissenschaftlicher Schlussfolgerungen" zurückgewiesen worden. Das hat der Gute nicht verkraftet, du weißt ja wie sensibel er war." Entsetzt schaute ihm Mayer ins Gesicht: „Nein, er hat sich doch nicht etwa ...?" „Na ja, viel hätte nicht gefehlt. Er ist in der Psychiatrie und lässt sich wieder aufpäppeln. Ist das Beste für ihn. Wäre er in seinem Zustand öffentlich aufgetreten, hätte ihm das den Rest gegeben. Deshalb mache ich mir auch Sorgen um dich, May. Steigere dich nicht in Sachen hinein, die du nicht ändern kannst." „Aber Hes, ich hab ja gar nicht ..." „Du hast geleugnet, und das sogar öffentlich. Der Zeitgeist mag das nicht, wenn man ihn in Frage stellt. Atme durch und denke nach, bevor du etwas tust. Versprich mir das, alter Freund", sagte Hesmer streng. „Natürlich. Aber hast du Steinhubers Manuskript?", fragte Mayer. „Ja, aber das bekommst du nicht. Und jetzt reden wir von etwas anderem, was macht übrigens dein Gammalaser?", lenkte Hesmer ab. „Ach, da komme ich irgendwie nicht weiter. Es war immer mein Traum, mit dem Gamma- laser einen Asteroiden auf Kollisionskurs zur Erde abzuschießen. Jeder hat halt seinen eigenen Spleen um die Welt zu retten. Aber im Röntgenbereich ließen sich mit dem Laserlicht interessante Zeitphänomene be- obachten. Nun, das ist aber eher langweiliger Klein- kram." Hesmer zog die Brauen hoch und sog hörbar Luft ein: „Was du nicht sagst, Zeitphänomene. Das musst du mir mal genauer erklären." „Ach Hes, heute nicht. Ich glaube wir setzten uns lieber in deinen Garten und lassen die Physik mal beiseite. Du hast doch noch ein Bier da, oder?" Hesmer war auch der

Meinung, seinen alten Freund etwas von dem Thema ablenken zu müssen. Sie saßen bis abends im Garten und plauderten über alte Studienzeiten. Als Hesmers Frau ihn zum Abendessen einladen wollte, wandte sich Mayer eilig zum Gehen. In seiner Jackentasche knisterte der Hefter mit Steinhubers Manuskript. Er hatte ihn von Hesmers Schreibtisch stibitzt. Am nächsten Tag zog er eine Kopie und schickte den Hefter mit der Post an Hesmer zurück. Es steckte noch ein Zettel im Umschlag: „Lieber Hes, entschuldige meine kleptomanischen Anwandlungen. Aber Neugier ist bei Wissenschaftlern schließlich eine Berufskrankheit."

Mayer saß versonnen am Schreibtisch und zeichnete Wellenlinien auf einen Hefterdeckel. Eine Welle unter der anderen. Die Wellenzüge waren alles andere als harmonisch, weder waren sie synchron, noch ähnelten sich die Amplituden. „Sollte das wirklich so einfach sein?", fragte er sich. Der Hefter enthielt Steinhubers Manuskript. Mayer hatte es in den letzten Tagen wieder und wieder gelesen. Periodische Änderungen der Erdbahn. Die Umlaufbahn um die Sonne pendelt regelmäßig zwischen elliptisch und fast kreisförmig. Die Erdachse kippt immer nur ein kleines Stück hin und her. Niemals dreht sich die Erdachse parallel zur Ekliptik, was eine Katastrophe wäre. Für die hohen Breiten würde dann ein Tag 8760 Stunden dauern. Unermessliche Kälte auf der einen, unermessliche Hitze auf der anderen Seite. Diese Katastrophe wird laut Steinhuber nicht eintreten. Die Erde pendelt nur ein bisschen und kippt nicht. Rein fachlich klang der Artikel ziemlich überzeugend, insoweit Mayer das einschätzen konnte. Ihm war natürlich auch die Komplexität eines Gravitationssystems bewusst. Steinhuber hatte nur den Einfluss der anderen Himmelskörper auf die Erde untersucht, quasi den natürlichen Zustand ohne menschliches Wirken. Das ließ sich nämlich nur ungenau quantifizieren. Eigentlich wäre es vernachlässigbar klein. Aber gab es Verstärkungseffekte, Resonanzen? Die Wissenschaft bejahte dies offenbar. Der IRSE gab vor, dazu plausible Daten zu besitzen. Es wäre ja immerhin auch möglich, dass

Steinhuber irrte. Mayer war zwischen den logischen Ausführungen Steinhubers und seinen Zweifeln daran hin und her gerissen. Es fehlte der entscheidende Beweis, die genaue Überprüfbarkeit durch augenscheinliche Beobachtung. Wo konnte er diesen Beweis bekommen? Die Berichte des IRSE enthielten nur einen Wust an statistisch generierten Daten, deren Zustandekommen für ihn auch nachvollziehbar erschien. Jedoch ob die der Dateninterpretation zugrundeliegenden Modelle überhaupt realitätsadäquat waren, das entzog sich jeder detaillierten Nachprüfbarkeit. Steinhubers Berechnungen waren dagegen für ihn gut nachvollziehbar. Waren sie deshalb vielleicht zu einfach und nicht komplex genug? Mayers Gedanken drehten sich im Kreis. Ihm kam nochmals die Begebenheit mit seinem Prorektor in den Sinn. Die Vehemenz und die Schärfe der Auseinandersetzung damals waren durchaus kränkend für ihn gewesen. Steinhuber hatte es schlimmer getroffen. Sein Freund Hesmer zeigte sich zurückhaltend und offenbar eingeschüchtert. „Ja, das könnte der Punkt sein!", sagte er sich. Die augenscheinliche Beobachtung, welche eine Antwort auf diese bohrende Frage geben konnte, war vielleicht eher in der Gesellschaft zu finden, als in der Physik. Es war etwas geschehen mit der wissenschaftlichen Kultur. Die Freiheit des Zweifelns und des Hinterfragens als Grundprinzip der Wissenschaft bestand offenbar nicht mehr. Undurchsichtige Institutionen gaben vor, Daten zu besitzen, deren Interpretation keinen Widerspruch mehr duldete. Jede Diskussion dagegen wurde als Leugnung eines Paradigmas angesehen, auf das sich die Gesellschaft offenbar geeinigt hat. Darin konnte Mayer zweifellos eine gewisse Schieflage in der Gesellschaft erkennen. „Vielleicht wurde aber auch die Gesellschaft auf ein Paradigma geeinigt? Nein, das wäre aber jetzt eine üble Verschwörungstheorie. Wer sollte denn so etwas tun? Und außerdem, fast alle Staaten befinden sich im Konsens mit dem IRSE", sagte sich Mayer. Auf der anderen Seite schienen sich die Leugner dieses Paradigmas ausschließlich aus rechtspopulistischen Parteigängern, Verschwörungstheoretikern, pathologischen Querulanten, Selbstdenkern und ähnlichen fiesen Zeitgenossen zu rekrutieren. Aber Steinhuber, der passte einfach nicht in dieses Schema. In seiner Zeit als Professor wurde er einmal dafür gerügt, dass er Betrachtungen zu basisdemokratischen Utopien geschickt in seine Physikvorlesungen einbaute. Nein, Steinhuber war kein Rechtspopulist und vertrat auch keine Interessen der Wirtschaft, die sich ja eigentlich gegen die These des Erdbahnwandels stellen müsste. Was sie aber, abgesehen von den kleinen und mittelgroßen Unternehmern nicht tat. Warum intervenierten eigentlich nicht die einflussreichen Multimilliardäre? Kann sein, sie stehen über den Dingen, da sie nicht wie die hart schuftenden Kleinunternehmer täglich um ihre wirtschaftliche Existenz kämpfen müssen. Aber wenn ihnen die Höhe ihrer Gewinne plötzlich egal ist, wie haben sie es dann so weit gebracht? Das passte nicht zusammen. Mayer stellte fest, dass sein Wissen über gesellschaftliche Zusammenhänge zu lückenhaft war um sich ein genaues Bild zu verschaffen. Doch eines wurde ihm klar. Wenn ein wissenschaftliches Problem zu stark in aktuelle politische Interessen eingespannt ist, muss man da nicht am wissenschaftlichen Wesensgehalt der sich daraus entwickelnden Paradigmen zweifeln? Doch welches Paradigma war falsch? Das vom IRSE oder das der Rechtspopulisten? Doch da war ja noch Steinhuber! Konnte man seine Sicht auf die Dinge als neutral bezeichnen? Er beschloss, Steinhuber zu besuchen. Vielleicht konnte er im Gespräch mit ihm dessen Intentionen herausfinden.

Noch bevor er mit Steinhuber in Kontakt treten konnte, stand unvermittelt Hesmer vor seiner Tür. „Oh, Mist, du bist bestimmt sauer, dass ich dir Steinhubers Manuskript geklaut habe", sagte Mayer erschrocken. Doch Hesmer winkte ab. „Ich habe jetzt denselben Ärger wie du", schnaufte er nach der Begrüßung, „irgendjemand hat herausgefunden, dass Steinhuber oft bei mir war. Jetzt will man wissen, was er von mir gewollt hat. Ich habe alles abgestritten. Aber man vermutet zu Recht, dass er mich zu seinem Mitwisser gemacht hat. Nun glaubt man, ich sei sein Komplize bei seinen wissenschafts- und gesellschaftsfeindlichen Veröffentlichungsversuchen gewesen. Das hat natürlich Auswirkungen auf mein Forschungsprojekt. Auch wenn ich Steinhubers Thesen öffentlich abschwöre, man glaubt mir nicht." Mayer war wie versteinert. Das konnte doch nicht sein! Für ihn war es der Beweis, die augenscheinliche Beobachtung, nach der er gesucht hatte. „Hes, da ist etwas im Gange, was wir beide nicht überblicken können. Etwas Größeres in der Gesellschaft hat sich bewegt", entgegnete Mayer, „etwas, dem man nicht mit Vernunft und wissenschaftlicher Überzeugungskraft begegnen kann. Und Steinhuber, aber auch wir beide, sind die Buhmänner." Hesmer schnaufte: „Na so schlau bin ich inzwischen auch. Mir geht es aber nicht um Prinzipien. Ich möchte ungestört von dem ganzen Mist meine Forschungen betreiben und meine Ruhe haben. Wenn du wissen willst warum, ich bastele gerade an einer Zeitmaschine und dein Hinweis mit den Zeiteffekten am Röntgenlaser hat mich auf eine zündende Idee gebracht." Mayer schüttelte mit dem Kopf: „Zeitreisen, das gibt es doch gar nicht. Hast du getrunken, Hes?" „Wenn ich`s dir doch sage, es ist möglich. Du hast doch sicherlich auch die Zeiteffekte im Kleinen beobachtet", antwortete Hesmer, „und jetzt kommt dieser gesellschaftliche Wahn und macht mir alles kaputt." Mayer dachte nach und begann zu sinnieren: „Hes, ich habe mich in den letzten Tagen oft gefragt, wie der wissenschaftliche Diskurs so deformiert werden konnte. Und ich bin zu der Überzeugung gelangt, dass sich Wissenschaft nicht frei entwickeln kann, wenn sie durch Gesellschaft und Politik in einen ideologischen Kontext eingespannt wird. Es ist in der Gegenwart nicht möglich, für

Steinhubers Thesen eine wissenschaftliche Akzeptanz zu erreichen, da dem starke gesellschaftliche Kräfte entgegen stehen. In der Vergangenheit, als das Thema noch nicht so starken Gegenkräften ausgesetzt war, konnte man diese Thesen durchaus so kommunizieren, dass sie Zustimmung gefunden hätten. In ferner Zukunft, wenn sich überzeugende Beweise über die Entwicklung der Erdbahnparameter zweifellos feststellen lassen, erscheint eine Etablierung von Steinhubers Thesen ebenfalls möglich. Aber jetzt, augenblicklich, sehe ich keinen Weg für eine faire wissenschaftliche Diskussion über das Problem." Mayer war nicht entgangen, wie Hesmers Augen bei dem Wort „Vergangenheit" aufleuchteten. Hesmer wurde etwas zappelig, als wenn er gewisse Gedankengänge noch nicht in Worte fassen könne. „Vergangenheit … ideologischer Kontext … das ist es … ja", sprudelte es aus Hesmer heraus. „Oh, jetzt ist er richtig durchgeknallt. Hoffentlich endet er nicht wie der alte Steinhuber. Was sind das bloß für Zeiten, in denen vernünftig denkende Menschen derart an sich selbst zweifeln", dachte sich Mayer. „May, kann ich auf dich zählen?", fragte Hesmer plötzlich, „wir machen dem Spuk ein Ende. Ich hab die Vergangenheit in der Hand. Solange das keiner weiß, können wir noch etwas tun!" Mayer verdrehte die Augen, er war überzeugt, dass der Freund jetzt auf dem besten Weg war Steinhubers Zimmergenosse in der Psychiatrie zu werden. „Wir brauchen deinen Röntgenlaser, dann machen wir Steinhubers Thesen in der Vergangenheit publik und der ganze Alptraum in der Gegenwart ist vorbei", erklärte Hesmer feierlich. Mayer stutzte, vielleicht war sein Freund gar nicht so durchgeknallt, wie es schien. Rein theoretisch hieß es, dass Zeitreisen nicht im Widerspruch zu den Einsteinschen Feldgleichungen stehen. Jedoch würden Veränderungen der Vergangenheit stets paradoxe Probleme aufwerfen. Man könnte in der Vergangenheit beispielsweise verhindern, dass sich die eigenen Eltern kennenlernen. Dann würde man nicht geboren werden. Somit würde man in der Gegenwart nicht existieren. Demzufolge konnte man aber auch nicht in die Vergangenheit zurückreisen, um die Verhinderung der eigenen Geburt zu bewirken. Auf dieses Paradoxon angesprochen, entgegnete Hesmer: „Genau so etwas wollte ich an kleinen Beispielen bei einer Zeitreise untersuchen. Ich wollte herausfinden, ob diese Kausalitätskette an irgendeiner Stelle zerreißt. Nehmen wir beispielsweise unser Erdbahnproblem. Wir lassen Steinhubers Lösung in der Vergangenheit publizieren. Folglich würden wir beide diese Zeitreise nie unternehmen. Warum? Na, wenn Steinhubers These schon in der Vergangenheit publik geworden wäre, befänden wir uns in der Gegenwart nicht in der jetzigen Situation. Somit hätten wir keine Veranlassung eine Zeitreise zu unternehmen, um Steinhubers These in der Vergangenheit publik zu machen. Es kann aber auch sein, und das ist sehr wahrscheinlich, dass die

Änderungen in der Vergangenheit für den Zeitreisenden selbst unwirksam sind. Die bisherige Geschichte wird zwar überschrieben, sie ist faktisch nie so geschehen. Aber der Zeitreisende ist von deren Wirkung quasi entkoppelt. Denn müsste er nicht sonst während der Reise rückwärts in der Zeit selbst immer jünger werden und schließlich verschwinden? Nein, wir gehen ja auch davon aus, dass man sich bei der Zeitreise stofflich und physiologisch nicht verändert. Eine interessante Frage ist natürlich, ob wir uns nach unserer Rückkehr in die geänderte Gegenwart noch an die alte Version der Geschichte erinnern können." Mayer erbleichte. Er sollte so ein Experiment mitmachen? Diese Aussicht auf eine Zeitreise bereitete ihm Schrecken. Sie schien aber zugleich die einzige Lösung ihrer derzeitigen Probleme zu sein. Hesmer schrak plötzlich auf. „Wo liegt dein Elkom?", rief er. „Ich glaube, noch in meiner Dampfölkutsche", meinte Mayer. „Dann lass es dort liegen. Es scheint mir zwar etwas paranoid, aber die Dinger haben vielleicht nicht nur Ohren für die gewählten Gesprächspartner. Also zu keinem ein Wort. Ich haue ab und melde mich bald wieder. Bis dahin verhalte dich ruhig, denn ich glaube, wir werden überwacht.", raunte Hesmer und war im nächsten Augenblick durch die Eingangstür geschlüpft und in der Gasse verschwunden. Ein ganzes Stück hinter ihm ging ein auffallend spitznasiger Mann dieselbe Gasse hinab und schien unter der Kapuze seiner Regenjacke zu grinsen.

EIN SPITZEL SCHÖPFT VERDACHT

Wenig später vermeldete ein Agent seinem Büro, dass die Zielperson H. sich mit dem Professor M. getroffen hatte. Diese Nachricht wurde zum Supervisor weitergegeben. Dieser setzte sich mit dem Partnerbüro in Verbindung und übermittelte, dass nun alle Verbindungen zu umliegenden Wissenschaftsverlagen sorgfältig überwacht werden müssen. Beide Zielpersonen stehen in Verdacht ein gewisses Papier veröffentlichen zu wollen. Dies sei aber nicht im Sinne der Auftraggeber und soll um jeden Preis verhindert werden. Bei diesem Steinhuber hatte das ja auch ganz gut geklappt. Doch die Agenten des Büros konnten in den nächsten Tagen keine Auffälligkeiten am Verhalten der beiden neuen Zielpersonen feststellen. Auch in den nächsten Wochen war nichts von Belang auszumachen. Keine Kontaktaufnahme mit Verlagen, keine Besuche, keine verdächtigen Elkom-Telefonate oder Elkom-Mails. Vielleicht war auch nichts dran an der Vermutung, und sie waren gar nicht Steinhubers Komplizen. So empfahl der Entscheider des Partner-büros, der die Fäden in der Hand hielt, die dichte Observation der beiden abzubrechen. Die kostete nämlich dem Büro acht bis zwölf Mitarbeiter, welche auch an anderen Stellen gebraucht wurden. Die Bewegungsprofile der beiden konnte man effizienter per Elkom-Protokoll überwachen. Falls sich doch noch etwas tun sollte, könnte man bei Bedarf jederzeit wieder eingreifen.

Mayer gab sich in der Universität nun bewusst unauffällig. Hesmer hatte ihn gebeten einige Unterlagen über die Versuche mit seinem Röntgenlaser zusammenzustellen. Damit war er eine Weile beschäftigt. Auch beobachtete er sein Umfeld genauer als vorher. Anfangs glaubte er, dass ihm beim Verlassen der Universität der eine oder andere Passant auffällig nachschaute. Einmal folgte ihm jemand auf seinem Weg in die Stadt auf einer längeren Strecke. Es war ein prägnantes Gesicht mit einer äußerst spitzen Nase. Unangenehm stechende Augen. „Ich sehe wohl schon Gespenster", sagte er sich und zog die Haustür hinter sich zu. Vorsichtshalber überprüfte er am nächsten Tag in der Universität den Inhalt seines Elkom-Computers. Und da sah er es. In seiner privaten Ablage waren einige Dateien zu einem Zeitpunkt geöffnet worden, als er definitiv nicht auf Arbeit war. Wer die Dateien gelesen hatte, war aus dem Verlauf nicht erkennbar. War es vielleicht ein Student, der sich Zugang zu Prüfungsunterlagen verschaffen wollte? Möglich, aber eher unwahrscheinlich. Die Prüfungsdateien wurden ja im Prüfungsordner in den Fachablagen eingestellt. Sollte er jetzt seine privaten Dateien schützen und alles verschlüsseln? Er war schon drauf und dran dies zu tun, aber besann sich noch. Wer immer ihn auch ausgespäht hatte, diese Person würde das nächsten Mal die Verschlüsselung bemerken und erst recht Verdacht schöpfen. Wichtige Sachen hatte Mayer auf einem lokalen Rechner gespeichert, der nicht mit dem Elkom-Netz verbunden war. Seine Ausarbeitungen für Hesmer tätigte er sowieso handschriftlich auf Papier. Er beschloss, vorsichtiger zu sein. Um dem Argwohn seines Prorektors zu entgehen, trat er der Arbeitsgruppe „Erdbahnbeobachtung" bei. Und nicht nur das, er erklärte sich sogar bereit, das Projekt der Lasermessung zu leiten. Das breite Grinsen seines Prorektors, der ebenfalls der Arbeitsgruppe angehörte, fand er nur widerlich. „Na, geht doch, oder? So klappt es auch wieder mit den Drittmitteln.", hatte dieser ihm nach dem Treffen gesagt. Würde es wirklich so gehen? Diese Frage hatte ihn auf dem Nachhauseweg beschäftigt. In das System einfügen, stillhalten und machen was gerade angesagt ist? Keine Anfeindungen und Benachteiligungen mehr. In Ruhe seine Arbeit machen. Ohne Stress und ohne Zeitreise? Das wäre der Weg des geringsten Widerstandes. Aber konnte er mit so einer Einstellung seinem Freund Hesmer je wieder unter die Augen treten? Ach was, Hesmer! Er selbst würde sich nie wieder im Spiegel anschauen können! Mit Ungeduld fieberte Mayer dem runden Semestertreffen entgegen, das in wenigen Tagen stattfinden sollte. Dort könnte er endlich wieder ungestört mit Hesmer reden und ihm die Unterlagen zum Röntgenlaser übergeben.

Das Team der Organisatoren des Semestertreffens bestand aus geselligen Akademikerinnen, die keine

Gelegenheit zum Feiern auslassen wollten. Gern hätten sie so ein Treffen jedes Jahr ausgerichtet, aber die übrigen Teilnehmer fühlten sich damit zeitlich überfordert. So kam es, dass die Treffen nur alle fünf Jahre stattfanden. Diesmal hatte man ganz mondän eine Strandbar am See mit großer Terrasse gemietet. Die Feier verlief wie üblich. Mayer flirtete mit den geschiedenen Ex-Kommilitoninnen, ging aber im entscheidenden Moment wieder auf Distanz. Der eine Kellner kam ihm von irgendwoher bekannt vor. Spitze Nase, stechender Blick. Das war der Typ, der ihm vor einigen Tagen vermutlich in der Stadt gefolgt war! Mist, so ein Aufpasser hatte ihm gerade noch gefehlt. Er konnte in einem unbeobachteten Moment gerade noch Hesmer einige Worte sagen, da tauchte das Spitznasengesicht schon wieder auf. Die für sie gemieteten Hotelzimmer waren auf kleinere Holz-häuser rings um die Strandbar verteilt. An der Bar brannte ein Lagerfeuer, um das sich die meisten versammelt hatten. Nach und nach verzogen sich einige Partygäste an den Strand, um unerkannt schäkern zu können. Hesmer und Mayer tauchten ebenfalls in das Dunkel des Strandes ein, trafen sich aber dann im angrenzenden Kiefernwald. „Endlich sind wir ungestört", schnaufte Hesmer. „Dasselbe denken sich unsere Partymäuse am Strand sicherlich auch", grinste Mayer, „sie werden bestimmt schon nach uns suchen." „Ach, an was du schon wieder denkst!", entgegnete Hesmer und fügte leiser hinzu:

„Hast du die Unterlagen zum Röntgenlaser? Ich habe mir schon Gedanken gemacht, wie wir es anstellen. Also wir haben keine Zeit und keine Möglichkeiten für viele Tests. Wir schicken ein Versuchstier mit der Zeitmaschine in die Vergangenheit und holen es zurück. Überlebt es die Transportation, können wir es auch wagen." Mayer wurde bei den Worten „überlebt es" gleich wieder extrem mulmig in der Magengegend. Hesmer fuhr fort: „Ich habe mir einige Szenarien überlegt. Wir dürfen nicht zu viele Kausalitätsverletzungen erzeugen. Das heißt, wir sollten in der Vergangenheit nur wenig verändern. Teilen wir einem in der Vergangenheit bedeutenden Forscher die Erdbahntheorie mit, könnte er sich darin profilieren und sein weiteres Forschungsleben dieser Sache widmen. Das würde bedeuten, er erforscht andere Sachen nicht mehr. Konkret heißt das, in der Gegenwart könnte es dann Defizite auf anderen Gebieten geben. Möglicherweise würde der wissenschaftlich-technische Stand der Menschheit zurückfallen. Um das zu vermeiden, dachte ich mir, wir suchen uns einen Wissenschaftler aus, der im Krieg gefallen ist. Ich habe eine Liste von einigen talentierten Forschern, die gefallen sind. Wir verhindern seinen Tod und infizieren ihn mit Steinhubers Theorie." Die vollständige Dunkelheit im Küstenwald und der angenehme Harzgeruch der umstehenden Kiefern beflügelten Mayers Gedanken. Irgendwie befand er sich schon auf Zeitreise. Die anfängliche Angst davor schien von ihm abgefallen zu sein. Trotzdem wurde ihm etwas unwohl bei der Vorstellung, in Uniform neben Hesmer im Schützengraben zu liegen. „Nein", begann er plötzlich, „wie willst du den Forscher vor seinem Kriegstod bewahren? Unterbinden wir seine Einziehung, so steht er nach dem Ende des Krieges vor dem Kriegsgericht und wird erschossen. Auch den Tod des Forschers direkt im Kriegsgeschehen zu verhindern, steht nicht in unserer Macht. Willst du etwa in Divisionsstärke in die Kampfhandlungen eingreifen, um eine Person zu retten? Erstens haben wir keine Kampftruppen und zweitens würdest du diese nicht in deine Zeitmaschine bekommen." Hesmer wand sich: „Na ja, es könnte kompliziert werden. Aber vielleicht kriegen wir ihn zu zweit aus der Kampfzone heraus." „Nein Hes, und nochmals nein. Ich bin bereit für eine Zeitreise, aber nicht für ein Kriegsabenteuer. Außerdem erfordert das Erdbahnproblem ein hohes Maß an persönlicher Identifikation. Wir als Forscher wurden mit unserem Untersuchungsgegenstand schon früh angefixt. Man muss also einen sehr jungen Forscher für dieses Problem interessieren, der frühzeitig an einer Krankheit verstorben ist. Damit würden wir auch nicht so viele Kausalitäts-verletzungen erzeugen", gab Mayer zu verstehen. Tatsächlich hatte Hesmer noch nicht in diese Richtung nachgedacht. Bei seinen Recherchen bezüglich der im Krieg gefallenen Forscher arbeitete er mit einer historischen Personenstandsdatenbank der Doppelmonarchie Österreich-Ungarn. Die Datenbank war eigentlich zur Ahnenforschung bestimmt und speiste sich aus digitalisierten Dokumenten wie Kirchenbüchern und Adressregistern. Bei der Konzeption der Datenbank hatte ein Bekannter mitgewirkt. Da fiel es ihm ein. Sollte es nicht möglich sein, damit hoch begabte Jugendliche zu identifizieren, die durch Krankheiten oder Unfälle gestorben sind? Nachdem er Mayer diese Idee mitgeteilt hatte, sagte dieser: „Ja Hes, das ist ein guter Ansatz. In früheren Friedenszeiten lässt sich unser Vorhaben sicherlich leichter verwirklichen. Wir gehen jetzt ans Feuer zurück, betrinken uns wie in alten Zeiten und denken weiter darüber nach. Wir sollten nicht zu lange von der Party weg sein, wenn du weißt was ich meine." Und beide kehrten getrennt zum Feuer zurück und mischten sich unter ihre feiernde Seminargruppe. Da viele von ihnen entlang des Strandes spazierten, schien ihre kurze Abwesenheit fast keinem aufgefallen zu sein. Mayer ging zur Bar, um sich ein Bier zu holen. Komisch, dass der spitznasige Kellner auch gerade von der Bildfläche verschwunden war. Sein Kollege an der Strandbar hatte dagegen viel zu tun. „Na, nicht schon wieder Gespenster sehen, vielleicht war es Zufall und die Figur ist gar kein Spitzel?", sagte sich Mayer. Einem unbestimmten Gefühl folgend, ging er mit dem Bierglas in der Hand in Richtung seines Holzhauses. Das beleuchtete Fenster ließ ihn zusammenzucken. Er konnte sich noch gut erinnern, dass er beim Gehen das

Licht ausgeschaltet hatte. Schnell trat er ein paar Schritte seitwärts in die dunkle Schattenwand eines Koniferengebüschs. Am Fenster zeichnete sich kurz der schemenhafte Schatten einer Person ab und dann verlosch das Licht. Wenige Augenblicke später trippelte der spitznasige Kellner mit einem Serviertablett voll Bierbüchsen den Weg zur Strandbar zurück. „Hab ich es mir doch gedacht. Dieser Kerl hat doch sicher unter dem Vorwand, den Hotel-kühlschrank aufzufüllen, meine Sachen durchwühlt!", schoss es Mayer durch den Kopf. Er folgte ihm zur Bar. Hesmer durfte auf keinen Fall die übergebenen Unterlagen zum Röntgenlaser in seinem Zimmer liegenlassen. Auf der Strandterrasse saß Hesmer und unterhielt sich mit den anderen. Sie waren gerade bei ihren „Weißt-du-noch-Geschichten" an der Episode angelangt, als sich Hesmer mit einer gebrochenen Hand sicher vor einem schriftlichen Examen wähnte. Gelernt hatte er dafür nicht, aber am Vorabend großspurig einen Sixpack Bier ausgetrunken. Weil er ja sowieso mit der Hand in Gips nicht schreiben konnte. Aus Anstand erschien er am nächsten Tag in der Uni und wurde zu seinem Schrecken vom Professor ins Büro gebeten. Während die anderen das Kurzexamen schrieben, unterzog der Professor den völlig perplexen Hesmer einem mündlichen Testat zu den Themen des Examens. Nachdem der Schock gewichen war, schlug er sich ganz wacker und erhielt eine knapp genügende Punktzahl. Diese noch ganz gut ausgegangene Episode hatte damals deutliche Spuren in Hesmers Lernverhalten hinterlassen. Kaum war das Gelächter der ehemaligen Seminarkollegen verklungen, pirschte sich Mayer an Hesmer heran und kam wie zufällig an seinen Stuhl, wobei Hesmers Strickjacke über die Lehne zu Boden rutschte. Beide bückten sich zugleich danach. Beim Aufheben konnte Mayer ihm zuraunen, dass sie beobachtet würden und er die Papiere nicht unbeaufsichtigt lassen sollte. Das war geschafft. Endlich konnte man sich locker unterhalten. Sie saßen an der Feuerstelle und nach den knappen privaten Themen verfiel man auf Fachsimpelei. Schließlich kam man auf das Erdbahnproblem. Mayer biss sich auf die Zunge und hielt sich mit Äußerungen zurück. Nun, einfach nichts zu diesem aktuellen Thema zu sagen, wäre bestimmt auch auffällig. Außerdem brannte ihm die Frage unter den Nägeln, ob die anderen ähnliche Erfahrungen wie er und Hesmer gemacht hatten. Also erklärte er offenherzig, dass er sich einmal im Ton gegenüber Studenten vergriffen hätte, die seine Meinung zum Bewegungsstreik wissen wollten. Da hätte es großen Ärger mit seinem Prorektor gegeben. Aber er hätte daraus den Schluss gezogen, dass das Erdbahnproblem eine große Sache wäre. Die Nummer eins in Politik und Gesellschaft. Eine unvergleichliche Chance, sich als Wissenschaftler zu profilieren. Großspurig fügte er hinzu, seine Forschung zur Lasermesstechnik könne davon nur profitieren. Die meisten pflichteten ihm bei, dass jetzt endlich Gelder für ihren bis dahin stiefmütterlich behandelten Wissenschaftszweig bewilligt würden. Erst eine Gefahr für die Existenz der Menschheit erhebe sie derzeit zu gefragten Experten. Nicht wenige gerieten über ihre derzeit opulent geförderten Forschungsprojekte in regelrechte Schwärmerei. So wichtig wie derzeit waren sie noch nie. Die sich wandelnde Gesellschaft erwartete von ihnen etwas und sie waren bereit zu liefern. Der spitznasige Kellner scharwenzelte um die Feuerstelle herum und bot Getränke an. Mayer sah ihn an und ihm schien, dass seine Ohren nicht weniger weit ausgestreckt waren als seine Nase. Die Zeit und der Alkoholpegel schritten voran. Mayer ärgerte sich. Er musste sich zurückhalten, um nicht die Kontrolle über seine Reden zu verlieren. Schließlich verschwanden die zwei Kellner, nachdem sie eine Armada von Getränken zur Selbstbedienung auf die Theke gestellt hatten. Nun rückte ein ehemaliger Seminarkollege an Mayer heran. Mit schon schwerer Zunge sprach er vom Schwindel mit dem Erdbahnproblem und erwähnte den Namen Steinhuber. Er sagte, dass er ganz gut wegkomme durch die Forschungsförderung. Aber in Wirklichkeit wären seine Ergebnisse ganz nahe an Steinhubers Theorie. Er säße nun in einer Zwickmühle, diese Ergebnisse im Lichte des Erdbahnproblems interpretieren zu müssen. „Glaubst gar nicht, ... was für Sachen ... ich mach, damit ... Fiktion vom Menschen ... Erdbahnwandelmensch ... Menscherdbahnwandel ... aufrechterhalten wird. Weiß nicht wie lange … noch kann. Geld stimmt … Anerkennung auch … aber komm' mir immer mehr wie ein Schwindler vor", lallte er schließlich. „Ist ja gut", versuchte ihm Mayer zu trösten, „denk mal an was anderes. Der fachliche Mist macht uns doch alle nur kaputt. Wie steht's denn mit den Frauen?" „Abgehauen … auch so ein … ach", lallte Mayers Seminarkollege und sackte nach unten weg. Mayer und Hesmer schleppten ihn zu seinem Holzhaus und legten ihn aufs Bett. Hesmer sah sich kurz um und sagte: „Da siehst du, was der Spagat zwischen ideologischer Fiktion und Wirklichkeit mit den Menschen macht. Die Trickser und Blender blühen auf, aber die Ehrlichen gehen vor die Hunde."

Zur selben Zeit befreite sich ein spitznasiger Kerl aus seiner Kellnerjacke und streckte sich zufrieden auf seinem Bett aus. Er hatte es doch geahnt. Eigentlich sollte sein Team die Beobachtung von Mayer abbrechen. So hatte es jedenfalls vor wenigen Tagen sein Chef angewiesen. Doch er wähnte sich auf einer heißen Spur. Er war es leid, immer nur nach Anweisung des in seinen Augen unmotivierten und talentlosen Chefs zu handeln. Ja, das vorzeitige Abbrechen und Beenden von Observationen, das war das Ding seines unfähigen Chefs. Eine Anweisung, der die übrigen Schlaffies des Teams nur zu gern nachkamen. Die meisten mochten lieber die bequeme Bürorecherche über das Elkom-Computernetzwerk, anstatt in die Rolle eines Geheimagenten zu schlüpfen, um ihre Opfer auf Schritt und Tritt im richtigen Leben zu observieren. Das Kreativ- und Detektivbüro Wolf hatte zwar auch Spezialisten für die Computerrecherche in der internen Abteilung, die keinen Außendienst verrichteten. Doch die wähnten sich als etwas Besseres und hielten sich gegenüber den Außendienstmitarbeitern stets bedeckt. Nur manchmal kamen sie mit neuen Erkenntnissen aus der Überwachung der elektronischen Kommunikation der Zielpersonen und setzten den Außendienst in Trab, damit dieser die heißen Kartoffeln aus dem Feuer holte. War der Außendienst erfolgreich, brüstete sich die interne Abteilung mit ihren angeblich zielführenden Ermittlungsansätzen. Zudem war die interne Abteilung ebenfalls für die Entwicklung von Strategien zuständig und nannte sich deshalb auch Kreativabteilung. Gab es keine konkreten Observationsaufträge, übernahm der Außendienst die geringwertige Recherchearbeit. Das stank ihm gewaltig. So wie ein Eichhörnchen die Nüsse sammelt, musste der Außendienst dann in Fleißarbeit vor dem Rechner sitzen und viele sinnlose Informationen zusammentragen. Die wurden dann von der Kreativabteilung nochmals gesiebt und die dicksten Nüsse verkaufte die Kreativabteilung dann als ihre Erfolge. Den meisten Agenten des Außendienstes reichte das und sie waren froh, bei der stupiden Sammelarbeit im warmen Büro zu sitzen. Aber ihm, dem ehrgeizigen Ferdinand, war das zu wenig. Für eine Bewerbung zur internen Abteilung hatte seine bisherige Qualifikation leider nicht ausgereicht. Mit einem knapp geschafften Schulabschluss blieb für ihn nur der Außendienst. Es störte ihn weniger, dass er nicht immer im warmen Büro saß. Nein es war einfach der Fakt, dass er glaubte, viel besser zu sein als die studierten Sesselfurzer, welche die Pläne ausheckten, nach denen er zu arbeiten hatte. Ständig hatte er gute Ideen, wie man es besser machen könnte. Leider stießen seine Ideen beim Chef des Außendienstteams nur auf taube Ohren. Der Chef hatte einen untergraduierten Universitätsabschluss und hoffte selbst darauf, irgendwann in die interne Abteilung überwechseln zu können. Demzufolge war der Chef bestrebt, seine eigenen Ideen anzupreisen. Ferdinand fand die Ideen seines Chefs stets zu flach und zu bequem. Dieser Trottel wollte einfach nichts wagen und nichts falsch machen. Mit stetem Mittelmaß versuchte dieser Dilettant langsam aber sicher vorwärts zu kommen. Bisher waren ihre Aufträge auch ohne richtigen Biss gewesen. Die Auftraggeber schienen geduldig zu sein und auch bei einem Misserfolg wurden zumindest die Kosten für den Aufwand gezahlt. Doch das hatte sich seit einigen Monaten geändert. Die Mitarbeiter der internen Abteilung waren verschwiegener und verbissener als sonst. Sein Instinkt sagte ihm, dass es jetzt um mehr ging als bei den früheren Aufträgen. Nun konnte er endlich einmal zeigen, was in ihm steckt. Bei der Observation des Physikprofessors Mayer hatte er den Namen

„Steinhuber" aufgeschnappt. Um den ging es wohl. Er war nicht so blöde wie seine Kollegen, dies sofort weiterzugeben. Nein, er war schlauer und behielt diese Erkenntnis für sich. Als er Mayer und Hesmer am Fenster von Mayers Anwesen belauscht hatte, nahm er zuerst an, dass beide auf konspirative Weise den verrückten Professors Steinhuber aus der geschlossenen Psychiatrie befreien wollten. Steinhuber litt anscheinend an extremen Wahnvorstellungen, wie auch schon in manchen Zeitungen berichtet wurde. Nun aber wollte Steinhuber über Helfershelfer seine wirren Thesen in der Wissenschaftspresse verbreiten, um aus der geschlossenen Psychiatrie freizukommen. Das jedenfalls hatte sich Ferdinand aus dem Inhalt seiner Außendienstaufträge zusammengereimt. Nachdem die Observation von Mayer und Hesmer eingestellt worden war, ermittelte er sozusagen privat weiter. Den Erfolg wollte er dann selbst auskosten. Irgendwann würde er genug kompromittierendes Material gesammelt haben. Das würde er dann dem Supervisor seines Detektivbüros präsentieren. Der Supervisor leitete das operative Geschäft, mit dem die eigentlichen Firmenbesitzer des Büros nur wenig Kontakt hatten. Es war aber in der Firma hinreichend bekannt, dass der Supervisor mit dem Juniorchef Dr. Wolf verschwägert war. Beide Familien hatten zusammen protzige Auslandsurlaube verbracht, von denen einige Bilder offen im Büro des Supervisors hingen. War erst einmal der Supervisor auf seiner Seite, was sollte dann noch seiner Beförderung im Wege stehen? Sein eigenmächtiger Einsatz als Kellner hatte ihm ein wichtiges Indiz in die Hände gespielt. Als die Partygäste am Strand unterwegs waren, servierte er ihnen Drinks. So konnte er sich ungestört bewegen. Hatte er sich doch so den verdächtigen Personen Mayer und Hesmer im Dunkel des Waldes angenähert und sie belauscht. Leider war der Abstand zu groß, um das Gespräch der beiden genau zu verstehen. Doch es ging dabei unzweifelhaft um konspirative Sachen. Undeutlich hatte er mehrmals das Wort „Zeitmaschine" gehört. Als er kurz darauf Hesmers Zimmer durchsuchte, fand er einen Notizzettel. Auf dem stand: „Röntgenlaser = Deltaenergie an Zeitfluktuation anpassen". Darüber stand ein mehrfach durchgestrichenes Wort, das fast nicht mehr zu erkennen war. Es begann mit dem Großbuchstaben „Z…" und endete mit „…schine". Er hatte sich also bei den aufgeschnappten Gesprächsfetzen doch nicht verhört. Es ging um eine Zeitmaschine! Für ihn war sofort klar, dass die beiden immer noch planten, Steinhubers Thesen zu publizieren. Sie wollten bestimmt einen Schritt schneller sein als ihre aktuellen Widersacher. Also würden sie nicht versuchen in der Gegenwart publizieren, sondern wollten es mittels ihrer Zeitmaschine in der Zukunft tun. „Da muss ich dranbleiben", sagte Ferdinand zu sich. Am nächsten Tag rief er gleich früh am Morgen seinen Chef auf dem Elkom-Kommunikator an, um einen Monat Urlaub zu beantragen. Der Chef war sofort einverstanden, obwohl es aktuell genug Arbeit gab. Insgeheim sah der Chef in Ferdinand einen persönlichen Konkurrenten, womit er ja nicht unbedingt falsch lag. Während das restliche Team ruhig und gewissenhaft die von ihm gestellten Aufgaben abarbeitete, brachte Ferdinand mit ehrgeizigem Tatendrang und Schlaumeierei die Kollegen ins Schwitzen. Stets lastete ein gewisser Druck auf denen, die mit ihm unmittelbar zusammenarbeiten mussten. Um nicht als Trottel oder Faulenzer dazustehen, machten sie mit und folgten Ferdinands sprunghaften Ideen. Eine gewisse Verunsicherung unter den Kollegen war dabei nicht zu übersehen. Sogar der Chef sah sich manchmal genötigt, auf Ferdinands Initiativen einzugehen. Am meisten wurmte es ihn, dass Ferdinand mit seinen von plumpen Instinkten geleiteten Handlungen durchaus gewisse Erfolge erzielte. Laut der Personalakte war Ferdinand früher Frisör gewesen und auch einmal Verkäufer in einem Schnellimbiss. Na klar, daher kam seine gute Menschenkenntnis. Und in ehrlichen, selbstkritischen Momenten musste der Chef innerlich widerstrebend eingestehen, sich doch oft von seiner Bequemlichkeit leiten zu lassen. Trotzdem, Ferdinand stellte mit seinen ehrgeizigen Kapriolen ständig seinen Führungsstil infrage. Leider war der Chef nicht mehr der Jüngste und sein Nervenkostüm ließ keinen offenen Machtkampf mit Ferdinand zu. Deshalb hoffte er, bald in die Kreativabteilung zu wechseln, wo es seiner Meinung nach etwas kultivierter zuging. Gegen dreiste, ehrgeizige Emporkömmlinge ist eben kein Kraut gewachsen, sagte sich der Chef und war deshalb froh über Ferdinands Urlaubsgesuch. Mochte der Kerl nur Urlaub machen, je länger desto besser.

Mayer saß in seinem Büro und schrieb Begleitscheine für die Übersendung von einigen Paketen an Hesmers Institut. Sie waren auf verschiedene Strohmänner ausgestellt, die in Hesmers Labor arbeiteten. Auf den Sendescheinen standen Laserapparaturen für Messlaser. In Wirklichkeit erhielten sie Anregungsröhren und Resonanzkristalle für Leistungslaser. Das war Teufelszeug, mit dem man einen riesigen Steinblock mühelos in zwei Hälften schneiden konnte. An einem kleineren Vorläufermodell dieses Lasers ließen sich erstaunliche Effekte beobachten. Eine spezielle Modulation der Laserenergie vorausgesetzt, konnte man durch die Ausrichtung auf ein extraterrestrisches Objekt als Reflektor ein stoffliches Hologramm einer winzigen Materieprobe reproduzieren. Diese löste sich zuerst scheinbar in Nichts auf, um mit etwas Zeitversatz wieder aus dem Nichts zu erscheinen. Er hatte die Probe damit sozusagen in die nahe Zukunft geschickt. Ob dieser Effekt in beide Richtungen des Zeitstrahls variabel war und ob sich damit auch größere Objekte transportieren ließen, hatte er noch nicht untersucht. Offenbar schien Hesmer mit seinen theoretischen Untersuchungen eine Erklärung für das Phänomen gefunden zu haben. Hesmer hatte die

Energie berechnet, mit der größere Materiemengen als Stoffhologramm transportiert werden können. Zuerst schien der Wert zu groß für eine technische Realisierung zu sein. Schließlich waren ihm ein paar Tricks eingefallen, mit denen er die Energiedichte seiner Laserapparaturen bis zum Erreichen des von Hesmer errechneten Wertes steigern konnte. Ein weiteres Problem war, einen Strahlenteiler für den großen Laser zu bauen, der dessen Energie aushalten konnte. Dies hatte er inzwischen aber auch gelöst. Allerdings fiel damit seine Apparatur so voluminös aus, dass er sie in vielen einzelnen Paketen verschicken musste.

Das Kreativ- und Detektivbüro Wolf schöpfte aus diesen Aktivitäten keinerlei Verdacht. Einige Agenten überwachten argwöhnisch die Postausgänge von Hesmer und Mayer. Sämtliche papierschriftliche Sendungen und Elkom-Mails wurden genau untersucht. Eine Veröffentlichung von Mayer zu Lasermessmethoden der Erdachsenbestimmung, die an einen bekannten Wissenschaftsverlag gerichtet war, ließ man sogar mehrfach durch ein Dechiffrierungs- programm laufen. Doch die anfängliche Vermutung, dass es sich dabei um einen verschlüsselten Text zu Steinhubers Theorie handelte, erwies sich als unbe- gründet. Somit konnten die Agenten nichts finden, was auf eine konspirative Tätigkeit der beiden hindeutete. Im Gegenteil, beide vertraten in ihrer wissen- schaftlichen Arbeit äußerst beflissen einen Standpunkt, der mit Steinhubers Phantastereien rein gar nichts zu tun hatte. Und so meldete dies der Supervisor des Kreativ- und Detektivbüros Wolf an den Auftraggeber weiter. Dieser hatte auch aus anderen Quellen keine gegenteiligen Erkenntnisse erhalten. Er meldete wiederum seinem Auftraggeber, dass es sich bei den beiden zweifellos um angepasste Wissenschaftler handelt, die offenbar sehr auf ihre Reputation bedacht sind und deshalb ihre Forschungstätigkeit nach den Erfordernissen des Zeitgeistes ausrichten. In der nächsten Instanz der vertikal gestaffelten Detektivbüros wurden sie schon nicht mehr erwähnt. So kamen auch keine neuen Überwachungsaufträge mehr an die untergeordneten Detektivbüros zurück. Hesmer und Mayer fielen also durch das Raster der Überwachung und Mayers voluminöse Postsendungen mit der Lasertechnik konnten Hesmer unbeschadet erreichen. Ungleich mehr Probleme bereiteten den Detektivbüros einige Querulanten, welche sich durch abstruse Verschwörungstheorien hervortaten. Unter teilweise großen Anstrengungen der Kreativbüros konnten diese aber schließlich doch in die gesamtgesellschaftlich verpönte Ecke der verschwörungstheorieaffinen Populisten lanciert werden.

Die Meldungen, welche schließlich die Herren Steam, Walters und Bolten erreichten, waren durchweg optimistisch. Auch ihre Bemühungen, auf politische Entscheidungsträger einzuwirken, zeigten Erfolge. So wurde auf multinationaler Ebene die Forderung nach einer generellen Bepreisung von menschengemachten Bewegungen laut. Das Instrument der Quantifikate sei nicht geeignet, den menschengemachten, schädlichen Einfluss auf die Erdbahn wirksam zu begrenzen. Jede Bewegung bringe die Erde Stück für Stück aus ihrer Bahn und verursache schließlich Folgen in katastrophalem Ausmaß. Durch konkrete Bepreisung würde sich das Problem rein marktwirtschaftlich von allein regeln. Das ließe sich auch sozial verträglich gestalten. Alle Bürger bekämen eine Ausgleichszahlung in Höhe eines Grundbetrages. Bewege sich der Bürger weniger, könnte er sogar einen Gewinn erzielen. Natürlich waren anfangs viele entsetzt. Aber solange man noch keine technischen Kontrollverfahren besaß, war sowieso noch nicht mit einer Umsetzung dieses Planes zu rechnen. Die Diskussionen um die Bepreisung der Bewegungen waren aber erst einmal angestoßen. So hatte man Zeit gewonnen, diese Schritt für Schritt den Bürgern schmackhaft zu machen oder als alternativlos zu suggerieren. Gleichermaßen erreichte die M.F.U.-Bewegung einen neuen Höhepunkt. In jeder größeren Stadt wurde mittwochs ein Zeltlager aufgebaut. Längst war Meta Vorwerk nicht die einzige Ikone der Bewegung. In anderen Ländern tauchten sympathische junge Gesichter als Aushängeschild der M.F.U.-Bewegung auf. Meist waren es junge Frauen. Sie erklärten mit Inbrunst, die zögerliche Haltung der Regierungen beim Erdbahnschutz gefährde die Zukunft aller jungen Menschen auf dem

Planeten. Indem die Älteren weitermachen wollten wie bisher, und an ihren schweren Dampfölkutschen festhielten, gefährdeten sie die Lebensgrundlage ihrer Kinder und Enkel. Das ließen sich die Halbwüchsigen und Kinder nicht zweimal sagen. Anstatt in die Schule zu gehen, begaben sich auch viele Schüler mittwochs in den Bewegungsstreik. Das Eigenartige daran war aber das Verhalten der Schulbehörden. Während früher notorische Schulschwänzer mit Bußgeldern belegt wurden, geschah jetzt – nichts! Stattdessen sprach man nun von „verantwortungsvollem Engagement" der jüngeren Generation für gesellschaftliche Probleme. Einzelne Politiker regten sogar an, das Wahlalter auf vierzehn Jahre abzusenken. Zur Verringerung des Bewegungsdrangs der Bevölkerung entwickelten die Unternehmen der Rechenmaschinenindustrie Programme für Computerspiele, die für eine bewegungsarme Freizeitgestaltung sorgten. Mr. Walters konnte sich als Magnat der Rechenmaschinenbranche über ein weiteres Geschäftsfeld freuen. Leider war ein Großteil seiner Ingenieure für die Entwicklung von Geräten und Programmen der Bewegungskontrolle gebunden. Sollte das einmal abgeschlossen sein, wären endlich genug Kapazitäten für die Computerspielentwicklung frei. Auch der Dampfölprinz partizipierte über Beteiligungen an Mr. Walters Firmen von den Gewinnen der Rechenmaschinenbranche. Offiziell ließ er sich von den Kleinunternehmern und den rechten Parteien als Verlierer der gesellschaftlichen Transformation bemitleiden. Der Wert seiner Dampfölaktien fiel nämlich deutlich und er vergoss in den Medien darüber viele Krokodilstränen. In Wirklichkeit hatte das immense Wachstum seines Geschäftsimperiums inzwischen auch viel fremdes Kapital beansprucht. Die fallenden Kurse boten ihm eine Chance, fremde Anteile an seinen Firmen zu einem günstigen Preis zurückzukaufen. Dass dabei die Fondsanlagen vieler Kleinanleger entwertet wurden, störte ihn wenig. Er hoffte, dass nach dem Kursverfall auch wieder ein steiler Anstieg folgen würde. Aber erst einmal schien es mit der Mobilität bergab zu gehen. Die Regierung beschloss das Bewegungsbepreisungsgesetz zum Schutz der Erdbahn. Inzwischen sei man technisch in der Lage, die menschengemachten Bewegungen detailliert zu detektieren. Nur durch deren konsequente Bepreisung könne die sich anbahnende Katastrophe abgewendet werden. Mr. Walters Ingenieure hatten fleißig gearbeitet und schon nach wenigen Monaten sollte das Kontrollsystem zur Verfügung stehen. Die Presse lobte den wissenschaftlich-technischen Fortschritt in den höchsten Tönen. Endlich war es so weit, bei einem feierlichen Akt wurden die ersten Endgeräte vorge-stellt. Jeder Bürger, jede Maschine und jede Dampf-ölkutsche mussten nun einen sogenannten Elkom-Move-Sensor, kurz EMS genannt, tragen. Die EMS-Daten wurden in Echtzeit in die Rechenzentren des Elkom-Unternehmens übertragen und den Finanz-ämtern zur Verfügung gestellt. Die Finanzämter

stellten den Bürgern monatlich ihre Bewegungsab-
rechnungen zu, die anfangs noch recht moderat
ausfielen. So mancher Bewegungsmuffel kriegte sogar
etwas ausgezahlt, so wie es die Politiker vorher
vollmundig versprochen hatten. Während die
normalen Durchschnittsbürger zumeist zahlen
mussten, klingelten in Mr. Walters Firmen immer die
Kassen. Die Entwicklungs- und Fertigungskosten der
Endgeräte und Recheninfrastruktur bekam er aus dem
Staatshaushalt. Für die Dienstleistung der Datenver-
arbeitung berechnete er einen Anteil von 30 % der
erhobenen Bewegungssteuer.

Doch bereits einige Wochen nach der Einführung des
Kontrollsystems wurde durch eine Evaluierung des
Internationalen Rates zum Schutz der Erdbahn IRSE
bekannt, dass allein mit Kontrollmaßnahmen kein
wirksamer Schutz gegen eine Veränderung der
Erdbahn zu erreichen sei. Zeitgleich erreichte die
M.F.U.-Bewegung einen neuen Höhepunkt. Die linken
Oppositionsparteien rebellierten, weil sich Reiche und
Besserverdienende mit der Bewegungssteuer quasi
freikaufen konnten. Ihre schweren Dampfölkutschen
rollten genauso oft wie vorher. Das wäre höchst
unsozial und würde auch nicht dem Zweck des
Bewegungsbepreisungsgesetzes entsprechen. Damit
lieferten sie dem Dampfölprinz eine Steilvorlage. Die
Dampfölkutschen wären nämlich zu schwer, und
würden durch ihren hohen Bewegungsimpuls die
Erdbahn besonders stark schädigen. Sie sollten deshalb

gegen neu entwickelte, leichtere Fahrzeuge ausgetauscht werden. In einer fast einmaligen Übereinstimmung griffen die Regierungsparteien einiger Länder den Vorschlag auf. Wie üblich brachten die Lobbyisten von Mr. Steam tatkräftig ihr „Fachwissen" in die Ausgestaltung des Gesetzesvorschlags ein. Die technischen Parameter wurden deshalb so definiert, dass der größte Teil der Dampfölkutschen der Umtauschpflicht unterlag. Der Stichtag, an dem die Betriebserlaubnis dieser Dampfölkutschen kraft Gesetz erlöschen sollte, orientierte sich an den prognostizierten Produktionskapazitäten der Dampfölkutschenindustrie. Wer schon vor diesem Zeitpunkt ein neues Fahrzeug erwarb, dem wurde eine kleine staatliche Kaufprämie versprochen. Ebenso bot Mr. Steams Finanzsparte dafür langfristige Kredite an. Ob sich alle Normal- und Geringverdiener einen solchen Kredit überhaupt leisten konnten, war dem Dampfölprinzen egal. Sollten doch die armen Würstchen auf dem Lande einen Zweitjob aufnehmen, wenn sie ihren Lebensstandard weiterhin aufrecht erhalten wollten. Das Gesetzespaket wurde, wie zu erwarten war, durch die Parlamente abgesegnet. Nun ging es mit der angeschlagenen Dampfölkutschenindustrie wieder steil aufwärts. Zumindest in diesem Geschäftsbereich stiegen Mr. Steams Aktien zu neuen Höhenflügen auf. Da er so clever gewesen war, große Aktienpakete der Kleinanleger im Kursverfall billig zu erwerben, konnte er seinen Reichtum

verdoppeln. Auf dem Höhepunkt der Neufahrzeug-
nachfrage würde er wieder an Kleinanleger Aktien
verkaufen. Mit dieser Strategie schien es möglich,
seinen Besitz innerhalb zwei oder drei Jahren abermals
zu verdoppeln. Jetzt musste er sich nur noch um seine
schwächelnde Dampfölerzeugungssparte kümmern. Es
war ja abzusehen, dass durch die neuen, leichteren
Fahrzeuge die Nachfrage beim Dampföl sinken sollte.
Aber auch dafür hatte er schon einen nicht minder
perfiden Plan.

MAYER IN BERLIN

Mayer fühlte sich in den letzten Wochen doch etwas überfordert. Der ständige Zwang, sich äußerlich an den allgegenwärtigen Erdbahnwahn anzupassen, war ihm auf den Magen geschlagen. Er konnte seine Mahlzeiten nicht mehr wie früher in Ruhe genießen. Obwohl er während seines Balkonfrühstücks neuerdings auf die Zeitungslektüre verzichtete, wollte sich kein richtiger Appetit einstellen. Ein bevorstehender Kongress in Berlin schien Abwechslung zu versprechen. "Endlich einmal herauskommen, vielleicht ist es anderswo noch nicht so verrückt wie hier in Wien", dachte er sich. Die Bahnreise von Wien nach Berlin fand er sehr angenehm. Nach dem Einchecken in sein Hotel sah er sich nach einem Restaurant für das Abendessen um. Die neue Umgebung schien ihn erst einmal von seinen Problemen abzulenken. Beleuchtete Häuserfronten rings um das Titanic-Hotel und der Blick entlang der Leipziger Straße auf den Kollhoff-Tower am Potsdamer Platz machten Lust auf eine Entdeckungstour. Die leidigen Erdbahndiskussionen würden Mayer erst morgen beim Kongress wieder einholen. Er spazierte nun unbeschwert durch die Innenstadt und hatte sich für das Abendessen ein Restaurant um die Ecke ausgesucht. Der Name des Restaurants klang gediegen und sprach für eine gut bürgerliche Küche. Vielleicht hätte Mayer das Logo an der Tür der Gaststätte eingehender betrachten sollen. Als die Bedienung ihm die Karte überreichte, war Mayer noch arglos. "Hier scheint ja alles noch wie früher zu sein und die Meta Vorwerk ist weit weg", sprach er zu sich und klappte die Karte auf. "LOW-MOVE-FOOD" verhieß ein Logo und der Text darunter ließ Mayers Halsschlagader anschwellen:

"Wir begrüßen unsere Gäste! Sind Sie bereit für das Mahl der Zukunft? Vielleicht haben Sie bisher Schnitzel mit Kartoffeln bestellt? Nun mag das vielleicht mancher noch als lecker empfinden. Doch es ist nicht gut für unseren Planeten. Bei der konventionellen Landwirtschaft schaden die Bewegungen großer und schwerer Landmaschinen der Stabilität unserer Erdbahn und unseres ganzen Universums. Deshalb haben wir uns das Ziel gesetzt, verantwortungsbewusst zu handeln. Es ist nicht schwer, sich auf bewegungsarm erzeugte Lebensmittel umzustellen. In den industriellen Algen-, Pilz- und Quallenfarmen unseres Zulieferers TRINUTRELL wachsen die Lebensmittel der Zukunft. Diese sind mit intelligenten Aromastoffen versetzt, welche sich automatisch an Ihre individuellen Geschmacksvorlieben anpassen. Deshalb werden Sie keinen Unterschied zu ihrer alten, nicht mehr zeitgemäßen Nahrung feststellen. Alle in der Karte als LOW-MOVE-FOOD gekennzeichneten Gerichte werden aus erdbahnneutral erzeugten Lebensmitteln zubereitet. Haben Sie keine Angst, diese zu probieren. Auch Ihre Geldbörse wird davon profitieren. Das von der neuen Bundesregierung beschlossene Bonus-Malus-Gesetz belohnt alle aus LOW-MOVE-FOOD bereiteten Gerichte mit einer ermäßigten Mehrwertsteuer. Natürlich können Sie auch bei uns die nicht mehr zeitgemäßen Gerichte aus Produkten der konventionellen Landwirtschaft bekommen. Diese sind jedoch mit einer Malus-Steuer belegt und kosten etwas mehr. Nun, das Essen wandelt sich mit der Zeit. Gehen Sie mit. Seien Sie flexibel. Ihre Urgroßeltern aßen noch gefüllte Kalbsfüße und Schafhirn. Das wollen Sie ja auch nicht. Also seien Sie bereit für das Essen der Zukunft und probieren Sie dieses bei uns."

Mayer schluckte und rang nach Luft. Sind die Gastronomen hier übergeschnappt? Das konnte doch nicht wahr sein! Ach ja, beruhigte er sich, es gab auch noch Gerichte aus konventionellen Lebensmitteln. Nachdem er fünf Seiten mit LOW-MOVE-FOOD Essen umgeblättert hatte, sah er endlich das echte Wiener Schnitzel mit Kartoffeln. Entsetzt blickte Mayer auf den Preis. Doppelt so teuer als in seinem noblen Stammrestaurant in Wien! Die Berliner waren verrückt. Offenbar fanden die notorisch klammen Bürger der deutschen Hauptstadt Gefallen daran, nur noch die neuen, billigen Algen-Cheeseburger zu essen. Mayer war bedient, noch bevor er sich etwas bestellen konnte. Sein Geiz kämpfte nur kurz mit seiner Ehre als Wiener und verlor. Als sich die junge Kellnerin aufreizend vor ihm aufbaute, verlangte Mayer mit einem nicht gerade freundlichen Blick: „Ich möchte bitte ein normales Bier und ein Wiener Schnitzel mit Kartoffeln. Und bitte ein richtiges Bier und ein richtiges Schnitzel vom Schwein mit echten Kartoffeln vom Feld, ja?" Nach dem teuren Abendessen ging Mayer gleich ins Bett, konnte aber nicht einschlafen. Die neue Nahrungsmittelkultur ging ihm im Kopf herum. Solch eine kulinarische Barbarei war selbst in Wien noch nicht angekommen. Warum hatte er geglaubt, in Berlin könnte alles normal wie früher sein? Aus der Geschichte war ja hinreichend bekannt, dass man sich hier den neuen Moden gegenüber stets aufgeschlossen verhielt und ihnen bis zur Dekadenz folgte. Mayers unfriedlicher Landsmann mit dem Oberlippenbart hatte damals in Berlin auch kein Problem, mit seinen Fackelnachtwanderungen scharenweise begeisterte Anhänger zu gewinnen. So wälzte Mayer Gedanken und drehte sich im ungewohnten Hotelbett hin und her, bis er endlich einschlafen konnte.

Am nächsten Tag ließ er den Kongress über sich ergehen und freute sich auf den Stadtbummel. An der Spree entlangzugehen fand er sehr schön. Mayer erlaubte sich sogar eine Bootsfahrt, obwohl ihm in schwankenden Wasserfahrzeugen manchmal übel wurde. Auf dem Rückweg kam er am Kulturkaufhaus an der Friedrichstraße vorbei. Bücher auf drei Etagen, hier musste er einfach hinein. Buchläden übten seit seiner Kindheit eine magische Anziehungskraft auf ihn aus. Ob es Romane, Sach- oder Fachbücher waren, ihn interessierte alles. Ein gebundenes Buch in den Händen zu halten, die frischen Druckseiten zu riechen und den Ausführungen der Autoren zu folgen, das war für ihn immer wieder ein Abenteuer, das seinem neugierigen Geist Anregung bot. Er nahm einige ihn interessierende Bücher aus den Regalen, setzte sich auf einen der reichlich vorhandenen lederbezogenen Hocker und überflog den Inhalt, um herauszufinden, ob sich ein Kauf lohnen würde. Nachdem Mayer mit gut gefülltem Einkaufskorb in die erste Etage vorgedrungen war, hatte er bei den Romanen schon einige Neuheiten gesehen, die den Erdbahnwandel thematisierten. So etwa der Roman „Der sechste Sinn des Tintenfischs" vom bekannten Drogeriekaufhausunternehmer Jörg Fußmann. Darin beschrieb der Autor die Option eines Krieges gegen Staaten, welche sich den Maßnahmen zur Stabilisierung der Erdbahn widersetzten. Mayer wurde bei dem Gedanken übel, dass vielleicht Länder, die ihren Staatsbürgern eine erdbahnneutrale Ernährung aus Algen und Quallen nicht zumuten, Ziel eines Krieges zur Rettung der Erdbahn sein würden. Im Regal der Ratgeberliteratur für Erwachsene traf er auf harmlosere Bücher, bei deren Titel er sogar ein bisschen schmunzeln musste. Von der Autorin Angelika Lustler erschien: „Ruhig f***en. Kamasutra - aber erdbahnneutral" Auch das Genre der Kochbücher war betroffen. So gab es: „Kochen für die Erdbahn" sowie „ Guten Appetit Erde. Wie Sie den Erdbahnwandel durch die Wahl Ihres Frühstücks aufhalten können" Mayer bereute nun beinahe, das Buchkaufhaus betreten zu haben. „Das ist ja fast schlimmer als beim Kongress", schnaufte er und stieg die Treppe zur obersten Etage hinauf. Dort sollte ihn eine weitere Überraschung erwarten. Die schwarzen Bücherregale waren mit „Mathematik", „Sachbuch", „Naturwissenschaft" und „Aktuell" beschriftet. Mayer fühlte sich bereits angezogen, prallte aber förmlich zurück, als er die Überschriften der restlichen Bücherregale sah. Hinter dem Regal „Aktuell", wo sich auch schon einige Erdbahnwandelbücher befanden, schlossen sich noch zwei weitere Regale an. Während im Regal „Mathematik" auch einige Bücher quer eingeordnet waren, um die ganze Breite auszufüllen, drängte sich in diesen zwei letzten Regalen unter der extra fett gedruckten Überschrift „ERDBAHNWANDEL" die geballte deutschsprachige Erdbahnwandelliteratur dicht an dicht. Obenan das aus dem Englischen übersetzte Werk vom Multimilliardär A.J. Walters „Wie wir die Erdbahnkatastrophe verhindern". Gleich daneben das Buch der Hausfrau Meta Vorwerk „Wie ich bewegungsneutral etwas in der Welt bewirkten konnte". Der Vorzeigewissenschaftler Gerald Lasch war mit „Handeln für ein stabiles Universum" vertreten, ebenso die beiden Erdbahnwandelamtmänner der deutschen Regierung Dr. Sahnemoor und Dr. Klingelgruber mit dem eher unspektakulären Titel „Der Erdbahnwandel". Auch der talkshowaffine Mediziner Dr. Eberhard Kirschgrausen hatte mit „Mensch, Erdbahn! Wir könnten es so stabil haben" ein Buch zum Thema beigesteuert. Und das war nur die Prominenz der Autorenschaft. Dazwischen drängten sich ungezählte Werke von weniger prominenten oder gänzlich unbekannten Autoren: „Die unbewohnbare Erde", „Überleben im Erdbahnwandel", „Erdbahndämmerung", Wir Erdbahnwandler", Wir sind die Erdbahn" oder „Der kleine Erdbahnretter" um nur eine kleine Auswahl zu nennen. Professor Mayer stieß hörbar die Luft aus, wankte einige Schritte zurück und ließ sich auf einen Lesehocker niedersinken. Sein mit Büchern gefüllter Warenkorb plumpste neben ihm auf den Boden. „Es ist unglaublich, hier gibt es mehr Bücher über den Erdbahnwandel als über Mathematik. Allein diese Tatsache wirft ein bezeichnendes Licht auf unsere Gesellschaft!", entfuhr es Mayer. Erschrocken sah er sich um, jedoch die dicht gedrängte Kundschaft der unteren Etagen zwischen Romanen und Ratgeberliteratur war in der oberen Etage mit ihren trockenen Sach- und Fachbüchern einer ziemlichen Leere gewichen. Na wenigstens schien sich die Nachfrage nach reiner Erdbahnwandellektüre in Grenzen zu halten. Mayer sann nach und bedauerte fast deren Autorenschar. Durch das überbordende Angebot musste die Konkurrenz ziemlich hart sein. Auch dürfte es für künftige Autoren ziemlich problematisch werden, einen noch unverbrauchten Buchtitel zu diesem Thema zu finden.

Als Mayer an diesem Dienstagabend am Reichstagsufer entlangschlenderte, fielen ihm viele große

Dampfölbusse auf. Ihnen entstiegen Scharen von Jugendlichen mit Rucksäcken. Ja, morgen war Mittwoch und in der Stadt klebten überall Plakate, auf welchen die M.F.U.-Bewegung zum „Zentralen Bewegungsstreik am Mittwoch" aufrief. Man wolle damit die neu gewählte deutsche Regierung unter Druck setzen, endlich etwas für die Erdbahnstabilität zu tun. Für die Anreisen aus dem gesamten Land wurden vom Veranstalter preiswerte Dampfölbusse gechartert. „Eigenartig", sinnierte Mayer, „eine An- und Abreise in schweren Dampfölbussen, um einen Tag bewegungsarm in Zelten zu verschlafen. Das ist doch ein Nullsummenspiel. Könnten die Jungs und Mädels nicht mit dem Zug fahren oder besser gleich jeder für sich mittwochs daheim zu Bett gehen?" Und überhaupt, warum sollte man für den Erdbahnschutz gegen diese Regierung protestieren? Der Regierungschef bezeichnete sich bereits vor seiner Wahl als „Erdbahnkanzler" und die Minister schienen sich bei Erdbahnschutzmaßnahmen schier überstürzen zu wollen. Das machte irgendwie keinen Sinn. Diese angeblich gegen die Regierung gerichteten Proteste waren in Mayers Augen wohl eher Scheinproteste für das Regierungshandeln. Verkehrte Welt. Oder war dieser Bewegungsstreik eine versteckte Spielart früherer Demonstrationszüge einer nach gelenkten Idealen strebenden Jugend, welche die Geschichte bereits mehrfach unter wehenden Fahnen und breiten Spruchbändern gesehen hatte? Im Unterschied zu damals jubelte sie heute der Regierung nicht mehr dezidiert zu und war auch nicht mehr in wohl-geordneten Marschblöcken formiert.

Am Morgen des letzten Kongresstages trat ein Sprecher des Veranstalters auf und verkündete: „Sehr geehrte Damen und Herren, während Sie aufopferungsvoll für die Verhinderung der Erdbahnkrise arbeiten, treten am heutigen Mittwoch große Teile unserer Gesellschaft in den Bewegungsstreik. Die Streikenden bauen zivil-gesellschaftlichen Druck auf die Verantwortlichen der Politik auf, von dem wir Wissenschaftler letztlich auch profitieren. Deshalb hat sich der Veranstalter ein besonderes Highlight für den heutigen Kongresstag ausgedacht. Das Mittagessen in der Mensa findet von 11 bis 12 Uhr statt. Danach werden wir den Rest der Mittagspause nutzen, solidarisch zu allen heute Strei-kenden bis 13 Uhr eine allgemeine Bewegungsruhezeit einzunehmen. Wir bitten Sie, diese Schweige- und Ruhestunde in unserer Turnhalle zu verbringen. Dort sind zu diesem Zweck bequeme Liegen aufgebaut worden." Die meisten Kongressteilnehmer schienen sich offenbar zu freuen und klopften zustimmend auf ihren Tischplatten Beifall. Mayer klopfte auch. Etwas verhaltener und mit einem unwilligen Gesichtsaus-druck. Eigentlich wollte er einen bestimmten Imbiss-stand aufsuchen und dort die von seinem Freund Hesmer empfohlene beste Currywurst der Stadt ge-nießen. Das würde er in der knappen Stunde aber nicht ohne Hetzerei schaffen. Also unterwarf er sich dem Gruppendruck und musste wohl oder übel auf seine

Currywurst verzichten. Nach dem Ende des Kongresses hatte Mayer von Berlin genug gesehen und war froh, wieder in sein Wien zurückreisen zu können. Aber etwas Gutes hatte die Reise bewirkt. Sein Appetit war zurückgekehrt. Unter dem Eindruck von Algen- und Quallengerichten empfand er selbst sein morgendliches Marmeladebrötchen als kulinarisches Geschenk für seine Seele. Mochte ihm auch das bevorstehende Abenteuer mit der Zeitmaschine etwas beängstigend erscheinen, für den Preis einer artgerechten Existenz des Menschen würde er diese Gefahr gern auf sich nehmen.

DIE ZEITMASCHINE

Hesmer hatte inzwischen in seiner Werkstatt ein Zeitmaschinenlabor eingerichtet. Die Röntgenlaserapparate standen fest fixiert auf Betonfundamenten und riesige Kondensatoren waren an Akkumulatoreneinheiten angekoppelt. Über Wochen zogen sie bereits billigen Nachtstrom aus dem Energienetz. Eigentlich lief alles ganz gut. Er war aus dem Lehrbetrieb der Universität für ein halbes Jahr ausgetreten, um für ein fiktives Forschungsprojekt zum Erdbahnwandel zu arbeiten. Sein Chef hatte sich auf diesen Deal eingelassen, da er seiner Fakultät viel Reputation versprach. Im Elkom-Netz agierte Hesmer inzwischen auch mit einem Programm, das seine Aktivitäten komplett verschlüsseln konnte. Er kommunizierte lebhaft mit Historikern und Antiquitätenhändlern. Frank Hesmer war nicht geizig und hatte für ziemlich viel Geld unverzichtbare Zeitreiseutensilien des 19. Jahrhunderts geordert. Mayer und er sollten in der Vergangenheit möglichst wenig Aufsehen erregen. Wie schon der alte Geheimrat Goethe gesagt hatte: „Man darf anders denken als seine Zeit, aber man darf sich nicht anders kleiden." So waren für den Erfolg ihrer Zeitreise vor allem unauffällige Kleidung, genug Geld und eine unzweifelhafte Legende wichtig. Die Historikercommunity im Elkom-Netz lieferte Hesmer wertvolle Hinweise auf vertrackte Einzelheiten. Das fing schon beim öffentlichen Fernverkehr an. Neben den Eisenbahnen waren damals noch Postkutschen im Einsatz. Und irgendwie mussten sie ja sicherlich ein Stück reisen. Er hatte in der historischen Datenbank schon einige früh verstorbene Physikstudenten herausgepickt, die als Kandidaten in Frage kamen. Also schien zumindest der Ansatz ihres Plans erfolgversprechend. Hesmer musste bei dem Gedanken grinsen, dass Mayer diese Erkenntnis bestimmt etwas beruhigte. So brauchten sie nicht in ein Weltkriegsgeschehen einzugreifen, um einen todgeweihten Forscher seinem Schicksal zu entreißen. Zu verhindern, dass ein Forscher in jungen Jahren an einer Krankheit stirbt, klang ja schon bei Weitem harmloser. „Ach der Mayer, der alte Schisser", dachte sich Hesmer und ging aus seinem Anwesen über die Straße zu einem mobilen Imbissstand, der seit wenigen Tagen an der nächsten Ecke parkte. Die Currywurst schmeckte dort vorzüglich. Gerade so, wie er sie früher immer in Berlin gegessen hatte. Eigentlich waren auch genug Lebensmittel im Haus, um sich selbst ein Mittagessen zu bereiten. Aber er liebte es, sich irgendwo Fastfood zu kaufen. Das verschaffte ihm ein Gefühl von Freiheit, gerade gut genug für eine entspannte Mittagspause, während er an seiner Zeitmaschine tüftelte. Irgendwie kam Hesmer der Kerl an der neuen Imbissbude bekannt vor. Es war mehr so ein Bauchgefühl. Er kam nicht darauf, dass es sich bei dem Mann am Wurstgrill um den neugierigen Kellner von der Strandbar handelte. Der findige Ferdinand trug als Verkleidung

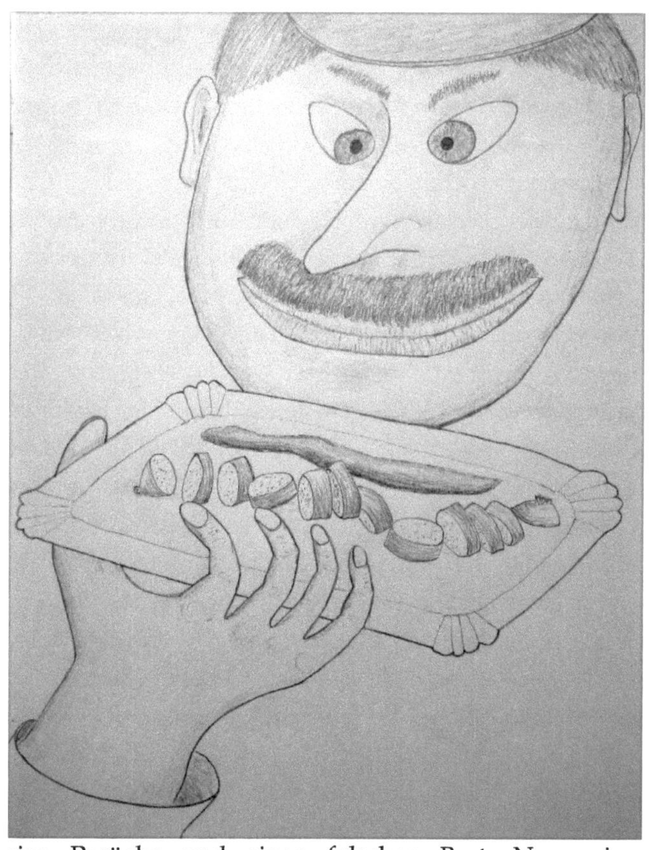

eine Perücke und einen falschen Bart. Nur seine
stechenden Augen und seine prägnante Nase konnte er
nicht maskieren. Mayer hätte ihn vielleicht erkannt,
aber der ließ sich persönlich bei Hesmer nur selten
blicken. Irgendwie bekam Hesmer doch etwas Frust, da
die gesamte Arbeit bei ihm lag. Er schraubte gerade die
platinbeschichteten Gitternetze an die meridianförmig
gebogenen Kupferstreifen der Transportationskugel.

Hier kam es unbedingt auf Genauigkeit an. Die flächenbezogene Masse der Kugelhülle durfte von bestimmten Werten nicht abweichen. Ansonsten würde der Kugelinhalt nur unvollständig von der Zeitmaschine transportiert. Denn der Kugelinhalt sollten sie sein. Bevor Hesmer und Mayer in die Transportationskugel stiegen, wollten sie noch einen Test durchführen. Ein lebendes Objekt sollte in die Vergangenheit geschickt und zurückgeholt werden. Einfach um zu sehen, ob ein Lebewesen die Transportation ohne Schaden übersteht. In diese Gedanken versunken, ging Hesmer zu seinem Haus zurück und fischte einen Brief aus dem Postkasten am Grundstückseingang. Er setzte sich an den Küchentisch und spießte die Currywurststücke auf die Gabel, um sie genussvoll zu verspeisen. Dabei öffnete er das Briefkuvert und zog ein amtliches Schreiben hervor. „Kraftfahrzeugbehörde" stand auf dem Briefkopf. Beim Weiterlesen fiel ihm fast ein Stück Currywurst aus dem Mund. „Sehr geehrter Herr Hesmer, der Schutz der Erdbahn liegt uns allen am Herzen. Die menschengemachten Bewegungen erzeugen eine dramatische Veränderung der Erdbahn, welche unmittelbar den Fortbestand der menschlichen Existenz bedrohen wird. Noch können wir gegensteuern und es ist wichtig, dass wir es jetzt tun. Viele der zurzeit betriebenen Kraftfahrzeuge sind zu schwer und verursachen zu große Bewegungsimpulse, obwohl die Fahrzeugtechnik inzwischen schon leichtere Modelle entwickelt hat. Ihre Dampfölkutsche vom Typ „Steam Cruiser 68" ist aufgrund ihrer Bauart nicht mehr zeitgemäß und ab dem 01.07. des Folgejahres nicht mehr für den Individualverkehr zugelassen. Mit der amtlichen Zulassung erlischt Ihr Recht, dieses Kraftfahrzeug für den täglichen Individualverkehr zu nutzen. Durch einen Antrag auf Umschreibung als Oldtimer können sie das Fahrzeug für ein begrenztes Kontingent von 50 km pro Jahr weiter nutzen. Die Laufleistung wird von dem elektronischen Elkom-Move-Sensor des Fahrzeugs überwacht. Falls Sie dieses Limit drastisch überschreiten, erfolgt zwangsweise eine endgültige Außerbetriebsetzung Ihres Fahrzeugs. Sie werden hiermit belehrt, dass Ihnen in diesem Fall auch eine Strafanzeige nach dem Gesetz zum Schutz der Erdbahn droht. Es steht Ihnen natürlich frei, ein neues Fahrzeug zu erwerben, das aufgrund der geringeren Gesamtmasse eine Konformität mit dem Gesetz zum Schutz der Erdbahn besitzt." Hesmer las nicht weiter, sondern warf das Schreiben in hohem Bogen in den Papierkorb. „In vier Wochen ist meine Zeitmaschine fertig. Dann könnt ihr mich mal mit eurem Bewegungsgesetz!", fluchte er lauthals und fügte hinzu: „Meinen Steam Cruiser bekommt ihr nicht!" Er versuchte, die restlichen Stücke seiner Currywurst mit ebenso viel Genuss zu verzehren wie an den Tagen zuvor, aber es gelang ihm nicht. Doch umso verbissener ging er an seine Arbeit und schraubte die restlichen Gitterbleche an die Streifen der Transportationskugel.

Auch in den nächsten Tagen schritt der Bau der Zeitmaschine gut voran. Die Tests aller Teileinheiten der Leistungstechnik brachten zufriedenstellende Ergebnisse. Aber die Feinabstimmung und die Entwicklung der Steuerungsprogramme erwiesen sich als kompliziert. Hesmer hatte zwei Redundanzebenen geplant, die bei Störungen automatisch eine Fehlersuche ausführen und sofort auf parallel laufende Ersatzprozesse umschalten. Wenn sie nämlich in der Kugel steckten und die Zeittransportation lief, hatten sie keine Möglichkeit mehr, auf die Apparate einzuwirken. Eigentlich müsste ja er das Gerät bedienen und in der Gegenwart bleiben. Er war der Konstrukteur der Zeitmaschine und kannte als einziger ihre technischen Einzelheiten. Doch sollte er dann Mayer allein auf Zeitreise schicken? Niemals! Er, Frank Hesmer, hatte das Pferd aufgezäumt und wollte nun auch darauf reiten. Die Funktionsebene und zwei Redundanzebenen erschienen ihm als sicher. Mayer, der alte Schisser, hätte das sicher anders gesehen. Doch den fragte er gar nicht erst. Selbst zehn Redundanzebenen wären dem nicht genug. So viel parallel laufende Prozesse hätte aber die Systemleistung nicht hergegeben. Außerdem beteiligte sich Mayer nur wenig an der aktuellen Arbeit. Vielleicht hoffte Mayer, dass die Maschine letztlich doch nicht funktionierte und ihnen die gefährliche

Zeitreise erspart blieb. Damit wollte sich Hesmer nicht zufriedengeben. Verbissen arbeitete er weiter und hatte bald die Systemsteuerung im Griff. Bei der Feinabstimmung der Leistungstechnik gab es weniger Probleme als zuerst angenommen. Schon bald konnten die Versuche der Transportation von Materieobjekten beginnen. Das klang soweit ganz gut. Doch an ungeahnter Stelle traten neue Probleme auf. Seine Recherchen in der Personenstandsdatenbank steckten in einem Dilemma. Alle in der ersten Phase ausgewählten Kandidaten hatten sich als nicht tauglich erwiesen. Bei einigen konnte er durch Rückwärtsrecherchen nachweisen, dass sie an Erbkrankheiten gestorben waren, welche auch ihre Vorfahren nicht sehr alt werden ließen. Für eine weitreichende Publizierung der Forschungsergebnisse blieb also nicht genügend Zeit. Und der Wissenschaftsbetrieb zeigte, dass die Durchsetzung neuer Hypothesen nur mit jahrelanger Beharrlichkeit gelang. Also waren bei einer kurzen Lebenserwartung diese Chancen relativ gering. Die Todesursachen der anderen Kandidaten erwiesen sich anhand ihrer Beschreibung in den alten Dokumenten entweder als nicht heilbar oder als nicht genau diagnostizierbar. Ohne ausreichende medizinische Erfahrung in der Vergangenheit auftauchen und den Kandidaten mittels neuer Medikamente das Leben zu retten, das wäre wohl zu einfach gewesen. Kurzum, Hesmer war niedergeschlagen und kontaktierte Mayer für ein persönliches Treffen.

Sie wussten nicht, ob sie noch beobachtet wurden. Deshalb fuhren sie ein Stück mit der Bahn und trafen sich an einem Seeufer fernab der belebten Siedlungen. Hesmers Frau trug derweil sein Elkom-Telefon mit dem EMS-Sensor beim Einkaufen in der Handtasche spazieren. Mayers Telefon lag in seinem Haus. Ohne Elkom-EMS unterwegs zu sein war eine Ordnungswidrigkeit, die mit einem empfindlichen Bußgeld geahndet wurde. Die Polizei kontrollierte neuerdings häufiger, ob alle Personen ihr Elkom-EMS mitführten. Aber man konnte sich ja auf den Tatbestand des unbewussten, absichtslosen Vergessens berufen. Und wenn alles gut ging, so zog sich das Bußgeldverfahren so lange hin bis sie ... ja bis sie ihre Zeitreise erfolgreich beendet hatten. Bei dem Gedanken wurde selbst Hesmer ein bisschen mulmig. Sie hatten ja bis jetzt noch nicht einmal ein konkretes Ziel für ihre Reise durch Raum und Zeit. Am Seeufer trafen also beide ohne EMS-Überwachung aufeinander. „Hallo Hes, Meister aller Zeitmaschinen, wie steht es mit der Zeitreise?", fragte Mayer relativ unbeschwert. Hesmer grinste nur. Ihm war nicht verborgen geblieben, dass Mayer dachte, es gäbe Probleme mit der praktischen Durchführung der Zeitreise. „Ja May, die Zeitreise ist klargemacht. Die Zeitmaschine ist so gut wie fertig. Aber wir werden wohl oder übel auf die Kriegsvariante zurückgreifen müssen. Alle krankheitsbedingt in jungen Jahren verstorbenen Kandidaten sind einfach durch uns nicht zu retten. Entweder hatten sie eine

Erbkrankheit, oder es war nicht herauszufinden, an welcher Krankheit sie dahingeschieden sind", erwiderte Hesmer. Mayers Antlitz versteinerte. Er stotterte: „Das … das ist nicht dein Ernst. Gibt denn die Datenbank deines Bekannten gar keine Alternativen mehr her?" Schon wieder sah sich Mayer zusammen mit Hesmer in einem Schützengraben geduckt, während die Explosionen von Artilleriegeschossen Dreck und Erdbrocken zu ihnen hereinwarfen. „Nein, vielleicht lassen wir das Ganze doch lieber sein. Bist denn du verrückt, wie sollen wir das machen?", protestierte Mayer. Hesmer grinste schon wieder. „Du … du willst mich doch bloß erschrecken! Du hast doch schon einen anderen Plan. Also raus damit!", rief Mayer aufgebracht. „Ja May, ich bin wohl doch leicht zu durchschauen. Natürlich habe ich diese Variante nicht mehr ernsthaft in Betracht gezogen. Aber wenn wir nichts anderes finden, haben wir fast keine Wahl mehr." Hesmer klang versöhnlich, doch Mayer ein bisschen Angst zu machen, hatte ihm durchaus Spaß bereitet. Obwohl er wusste, dass das Gelingen der Zeitreise nunmehr von Mayers Recherchegeschick abhängen würde. Aus ihrer gemeinsamen Studienzeit waren ihm Mayers Stärken in Recherche und Analyse in Erinnerung geblieben. Schließlich einigten sich beide auf eine Arbeitsteilung. Hesmer würde sich weiter um die Zeitmaschine kümmern. Mayer sollte in der Personenstandsdatenbank einen neuen Kandidaten finden. Und Mayer war schließlich mehr als motiviert.

Hesmers hoffnungsvolle Kriegskandidaten waren im Schützengraben eines unbarmherzigen Kriegsgeschehens gefallen. Der Physikprofessor Hauptmann Schleusinger starb in Nordfrankreich und der Doktorand Kramer galt seit einem Gefecht in den Julischen Alpen als vermisst. Als Hesmer die Einzelheiten des Kriegsgeschehens preisgab, wiegelte Mayer ab. Auf alle Fälle würde er eine andere Person finden, deren vorzeitiges Übertreten ins Jenseits in Friedenszeiten mit normalen Mitteln zu verhindern wäre. Hesmer solle sich nur um seinen Zeitreiseapparat kümmern, den Rest würde er übernehmen. Ja, Hesmer war das recht, endlich eine gerechte Arbeitsteilung!

MAGNATEN RETTEN ERDBAHN

Der Internationale Rat zum Schutz der Erdbahn IRSE zog in seinem Jahresbericht eine gute Bilanz über die inzwischen reibungslos funktionierenden Bewegungsbepreisungsmaßnahmen. Darin lobte man besonders die beispiellose Innovationskraft der beteiligten Hochtechnologieunternehmen. Doch die Euphorie wurde gleich wieder gedämpft, denn neue Erkenntnisse mahnten zu berechtigter Sorge. Die erfolgreich angelaufene Bepreisung hätte zwar eine Verringerung der Bewegungsimpulse gebracht, aber die reiche nicht aus, eine Erdbahnveränderung wirksam zu verhindern. Weitere Einsparungen bei den Bewegungsumfängen wären jedoch wirtschaftlich nicht vertretbar. Diese Feststellung wurde in der Presse ausführlich kommentiert. Zuerst waren die Bürger erleichtert, dass keine weiteren Beschränkungen angekündigt wurden. Doch die Regenbogenpresse, allen voran die BALD-Zeitung, brachte neue Schlagzeilen: „Bewegungsbepreisung reicht offenbar nicht – was tun?", „Steht die Menschheit dem Erdbahnwandel machtlos gegenüber?". Und es entstand ein neuerlicher Aufschrei in der M.F.U.-Bewegung. Die Regierungen sollten gewisse unnötige Bewegungen ganz verbieten, forderten die M.F.U.-Anhänger. Die Zeltlager der M.F.U.-Bewegung füllten sich wieder, aber es war eine gewisse Ratlosigkeit eingetreten. Wollte man der Menschheit tatsächlich den totalen Stillstand verordnen? Die

Politiker fingen an, hin und her zu diskutieren. Wie weit sollte man gehen, um die Erdbahn und das gesamte Universum vor dem drohenden Kollaps zu bewahren? Natürlich sollten die Bewegungen soweit wie möglich beschränkt werden, da war man sich einig. Doch wie das geschehen sollte, daran schieden sich die Geister. Politiker pflegen gern alternativlose Beschränkungen für ihr Volk zu beschließen. Aber meistens solche Beschränkungen, die sie selbst nicht so hart treffen wie den Rest der Bevölkerung.

Einige kinderlose Politiker der Regierungspartei warfen auf, dass die Anzahl der Menschen auf der Erde einen bestimmenden Faktor bei der Summe der störenden Bewegungsimpulse darstellt. Jeder Mensch erzeugt allein durch seine Existenz eine unvermeidbare Anzahl an Bewegungen. So durch seine Eigenbewegung, als auch durch maschinelle mechanische Bewegungsvorgänge in Verkehr, Warenerzeugung und Dienstleistung. Wäre es nicht eine mittelfristige Lösung, das Bevölkerungswachstum zu bremsen? So würde eine strikte Begrenzung auf ein Kind pro Familie das Bewegungssaldo äußerst günstig beeinflussen, ohne dass extreme individuelle Bewegungseinschränkungen angeordnet werden müssen. In den früher so geheiligten privaten Bereich der Familienplanung einzugreifen, wäre durchaus eine harte Nummer. Ja doch, wir wissen, dass in der Vergangenheit ehemalige Schurkenstaaten auch die Ein-Kind-Politik proklamiert haben. Aber heute geht es eben um mehr als um die banalen sozialen Probleme der Vergangenheit, nämlich um die Erdbahnstabilität und damit um den Fortbestand der Menschheit.

Die Vertreter der liberalen Oppositionspartei präsentierten eine andere Lösung. Durch die technische Überwachung des Bewegungsbepreisungsgesetzes wären die menschlichen und maschinellen Bewegungen der Bevölkerung gut erfassbar. Jeder Bürger bekäme einen Grenzbetrag an Bewegungen gesetzt, von dem die tatsächlich von ihm verursachten Bewegungen abgebucht werden. Ist der Grenzbetrag erreicht, so erlischt seine Krankenversicherung. Falls er nicht privat vorgesorgt hat, bekommt er von der Solidargemeinschaft keine Kosten für seine ärztliche Behandlung mehr erstattet. Somit würden diese Menschen eher an lebensbedrohlichen Krankheiten versterben. Sie müssten ja sowieso irgendwann dahinscheiden. Wenn eher, dann umso besser für den Rest der Menschheit, die sich dann bewegungsmäßig weniger einschränken müsste. Ob das moralisch vertretbar ist? Danach fragt keiner, denn es steht die Fortexistenz des Planeten, ach was, sogar des Universums zur Debatte. Da kommt es auf ein paar Lebensmonate oder Lebensjahre einzelner armer Würstchen gar nicht an.

Eine kleine alternative Partei führte an, dass die Bewegungen der Menschheit fast auf Null heruntergefahren werden könnten. Man müsste nur das ganze Leben der Menschen digitalisieren und computerisieren. Dann würden nur noch Energie-, Wasser- und Lebensmittelversorgung sowie die Müllabfuhr geringe, aber unvermeidliche Bewegungen verursachen. Natürlich könnten dann die Menschen nicht so weitermachen wie bisher. Reisen und individuelle Fahrten ins Grüne oder zum Einkauf wären dann tabu. Stattdessen soll Gemüseanbau im eigenen Garten und langes Ausruhen finanziell vom Staat gefördert werden.

Die bärbeißige Verteidigungsministerin hatte zwar keinen konkreten Vorschlag zur Bewegungsbegrenzung auf Lager. Aber sie wetterte schon einmal gegen die Länder, welche solchen pragmatischen Lösungen nicht zustimmen würden. Falls sich ein Land nicht zu erforderlichen Maßnahmen bereit erklärt, so muss es auch eine robuste Option geben, dieses Land dazu zu zwingen. Das alte Völkerrecht mit seinem Nichteinmischungsgehabe wäre da völlig überfordert. Es kann ja nicht sein, dass die Ignoranz einzelner Staaten die Erdbahn und das Universum kollabieren lässt. Warum sollte also eine militärische Aktion gegen diese neuen Schurkenstaaten nicht legitim sein? Wer einen Krieg führt, um die Rettung der Erdbahn und des Universums zu erzwingen, der muss einfach im Recht sein. Eine griffige Bezeichnung für eine solche Aktion hätte sie auch schon. Es wäre eine terranitäre Intervention einer Koalition der Vernünftigen! Und vernünftig sind eben die Staaten, welche pragmatische Lösungen zum Stoppen des Erdbahnwandels auch für den Rest der Welt für vernünftig halten.

Am Ende wurden die Vorschläge noch bizarrer, als dieser kleine Ausschnitt aus der politischen Journaille ahnen lässt. Die arme Menschheit. Sie wurde durch die Medien aufgewühlt und verrückt gemacht. Kein Politiker irgendeines Landes hatte einen praktikablen Vorschlag parat, der einen Konsens in der Bevölkerung finden würde. Alle Menschen ärgerten sich, dass sie ihr gewohntes Leben radikal ändern sollten. Es wäre noch hinzuzufügen, dass in dieser Phase der Verunsicherung einige Sekten einen Aufschwung erlebten. Eine Sekte warb mit der Erlösung und dem Paradies für alle, welche zur Sommersonnenwende auf dem höchsten Berg des Landes warten. Einige hundert Leute verbrachten dort die Nacht. Und es geschah - nichts! Nun ja, viele wandten sich dann enttäuscht wieder von dieser Sekte ab.

Was sollte also geschehen? Alle politischen und religiösen Institutionen hatten es nicht vermocht, dem Volk eine Richtung zu geben. Die Leute stritten sich hin und her, keine Lösung schien für alle tragbar zu sein. Zu allem Übel war die Presse voll von unglaublichen Utopien, oder besser Dystopien, vor deren Verwirklichung sich die Menschen einfach nur fürchteten. Nun, die Menschen fürchten immer die Veränderung. Für die Aufrechterhaltung des Status quo würden sie alles geben, ihre Arbeitskraft, ihre Freiheit, ihre Selbstbestimmung. Wenn nur jemand da wäre, der ihnen eine Lösung präsentiert. Und die Welt lechzte geradezu nach einer solchen Lösung. In dieser Phase der

Orientierungslosigkeit und allgemeinen Verwirrung erschien plötzlich die Presseerklärung eines bekannten Technologieunternehmens. Es sei gelungen, ein durchführbares Konzept zur Stabilisierung der Erdbahn zu entwickeln. Das sogenannte Move-Egalisation-System MES beruhe auf Technologien der Gegenresonanz. Es sei in der Lage, aus den Vektoren und Beträgen der einzelnen Bewegungen den Gesamtimpuls für die gesamte Erdkugel zu berechnen. Somit könnten gezielte Gegenbewegungen koordiniert werden. Diese würden dann durch verschiedene Dampfölmaschinen getätigt. Damit hätte der wissenschaftlich-technische Fortschritt der Gesellschaft schließlich doch die Apokalypse des Erdbahnwandels besiegt. Mit diesem Verfahren sei man in der Lage, die Erdbahn perfekt auszubalancieren. Von den erforderlichen Kosten war in der Presseerklärung noch kein Wort zu finden. Alle jubelten. So die Regenbogenpresse, die M.F.U.-Bewegung, die Parlamente und die Regierungen. Man hätte sowieso vorgehabt, den Bewegungspreis anzuheben. Damit wäre man in der Lage, die Kosten für diese aktive Erdbahnstabilisierung zu bestreiten. Der Bürger bezahlt somit für die ungestörte Reise der Erde durch die Galaxis. Nun, schließlich entrichten die Fahrgäste auch immer den Preis für ihren Reisekomfort. So ist es im öffentlichen Nahverkehr, warum sollte es da im Universum anders sein? Schnell waren die erforderlichen Gesetze beschlossen und ein hektisches Treiben der Technologieunternehmen zur

Ausführung des MES-Systems setzte ein. Am meisten freuten sich der Dampfölprinz und seine Geschäftsfreunde. Die Aufträge zur aktiven Stabilisierung der Erdbahn machten nicht nur ihre Technologieunternehmen reich. Für den laufenden Betrieb dieses MES-Systems waren auch Unmengen an Energie erforderlich. Der bisher stetig gesunkene Aktienwert des Rohstoffsektors der Dampfölindustrie begann wieder zu steigen.

AN DER BLAUEN DONAU

Professor Mayer bestellte im Café einen Cappuccino mit extra Schlagsahne. Er wollte sich einfach nur einmal belohnen. Nach der Plackerei in den letzten Wochen hatte er endlich den entscheidenden Fund gemacht. Ein Zielsubjekt war gefunden. In den Kirchenbüchern des kleinen Dorfes Dalj an der Donau tauchte ein Junge auf, dessen mathematische Begabung Anlass auf eine vage Hoffnung gab. Er hieß Milutin Milankovic und ertrank bei einem Unfall im Jahr 1886 in der Donau. So ein Unfall ließ sich doch vergleichsweise leicht verhindern, wenn man in der Lage war, in der Zeit rückwärts zu reisen. Andererseits blieben gewisse Zweifel. Die Wahrscheinlichkeit, dass sich dieser Junge wirklich einmal zu einer Koryphäe der Naturwissenschaften emporarbeiten würde, war gering. Sollte seine Begabung wirklich dereinst über seine niedere soziale Stellung und seine provinzielle Herkunft triumphieren? Aber Mayer steckte in einem Dilemma. Auf der einen Seite die Verrückten des Erdbahnwandels, die den unabhängigen Verstand seines Freigeistes jeden Tag aufs Neue traktierten. Auf der anderen Seite sein Freund Hesmer, der kühn genug schien, ihn mit einer Zeitreise in verhängnisvolle Kriegsabenteuer der barbarischen Vergangenheit führen zu wollen. Die Verhinderung des Unfalls schien vergleichsweise einfach, falls die Zeitmaschine reibungslos funktionierte. Aber wie sollte dem Jungen schließlich Steinhubers Theorie schmackhaft gemacht werden? Sicherlich war er schlau und naturwissenschaftlich interessiert. Aber dieses komplexe Problem dem Jungen in der Hoffnung zu vermitteln, dass er es später zum Mittelpunkt seiner Forschungen erheben würde, das erschien ziemlich unrealistisch. Also überlegte Mayer tage- und nächtelang hin und her. Schließlich wurde ihm klar, dass eine einmalige Zeitreise für das Gelingen des Vorhabens nicht reichen würde. Man musste dem Jungen einen kleinen Anstoß geben, um sein prinzipielles Interesse zu wecken und ihn für ein späteres Studium finanziell ausstatten. Eine weitere Beobachtung der Rechercheergebnisse nach dieser ersten Zeitreise sollte dann zeigen, wie seine weitere Entwicklung verlief. Falls er den Erfassungsbereich der Personendatenbank verließ, würde es problematisch. Was wäre beispielsweise, wenn er nach Amerika auswanderte? Dann wäre er in der Datenbank nicht mehr recherchierbar. Selbst wenn sie in anderen Quellen seinen späteren Aufenthaltsort ausfindig machten, müssten sie für weitere Maßnahmen in einer zweiten Zeitreise mit dem Schiff über den Atlantik. Welch schreckliche Vorstellung für Mayer, er wurde nämlich schnell seekrank. Man konnte wirklich nur hoffen, dass der Junge im Land blieb und hier studierte. Dann wäre es möglich, ihm bei einer zweiten Zeitreise konkretere Hinweise an die Hand zu geben. Mayer orderte am nächsten Tag einige leicht verständliche Bücher über Physik und Astronomie, die kurz vor 1886 erschienen waren. Diese antiquarischen Werke waren ziemlich teuer, was den Geizhals Mayer ein bisschen ärgerte. Auch schienen sie wenig geeignet, eigene Gedanken in Richtung der Theorie von Steinhuber zu entwickeln. Was könnte einem Kind das eigene Nachdenken in diese Richtung anregen? Das fragte sich Mayer immer wieder. Nun er hatte keine Frau und keine Kinder. Eigentlich schien es, als wäre er für eine solche Aufgabe völlig ungeeignet. Doch beim weiteren Nachdenken fiel ihm auf, dass er selbst bisher noch gar kein typisches Erwachsenenleben geführt hatte. Mit Mitte vierzig als Junggeselle besaß er durchaus noch einige Anknüpfungspunkte an seine eigene Kinderzeit. Schließlich schrieb er in mehreren Nächten ein für Kinder verständliches Gedankenspiel, das die Steinhubersche Theorie vage andeutete. Für das technische Interesse war es ihm sogar gelungen, ein historisches Kleinteleskop von einfacher Bauart zu erwerben. Endlich konnte er Hesmer in seinen Plan einweihen. Die Zeitmaschine war so gut wie fertig. Nun hatte Hesmer mehr Zeit als Mayer und konnte sich deshalb ungestört weiter um ihre historische Kleidung und die übrigen Reiseutensilien kümmern.

Hesmer empfing Mayer am Wochenende in seinem Haus zum Mittagessen und führte ihn schließlich zur Zeitmaschine. „Mein lieber May, ich habe heute morgen ein Eichhörnchen gefangen", begann Hesmer. „Also Hes, bist du jetzt vollkommen verrückt geworden", unterbrach ihn Mayer, „wenn du Eichhörnchen und bunte Elefanten siehst, ist es zu spät!" „Ach was, hör' doch erst mal zu. Das arme Tier brauche ich natürlich für unser Experiment. Ich vertraue zwar auf meine Kunst, aber ich möchte nicht als erster in diese Zeitmaschine steigen. Leblose Materie und Pflanzen sind schon unbeschadet auf Zeitreise gegangen. Aber ich möchte sicher sein, dass es auch mit Säugetieren funktioniert. Deshalb werde ich jetzt dieses Eichhörnchen in die Vergangenheit schicken und anschließend zurückholen. Wenn es unversehrt zurückkehrt, können wir es auch wagen." Sie setzten Schutzbrillen auf, damit die Laserreflexe ihre Augen nicht schädigen konnten und los ging es. Mit leisem Brummen begann der Prozess, schließlich tanzten blaue Blitze um die Transportationskugel. „Jetzt ist die Kugel in der Vergangenheit und hat den gesamten Inhalt mitgenommen. Wenn du es genau wissen willst, im Jahr 1886", meinte Hesmer lakonisch. Und wirklich, die gesamte Kugel mit Eichhörnchen war weg! Hesmer boxte vor Freude in die Luft. Das zumindest hatte geklappt! „Nun hole ich es zurück", rief er und zappelte voller Unruhe, bevor er den Schalter betätigte. Wieder brummte die Elektrik und es blitzte bläulich rings um eine Kugelform. Die Kugel selbst konnte man noch nicht erkennen. Dann wurde es schlagartig dunkel. Die Sicherung war wohl wegen des Stromverbrauchs gefallen. Mayer nahm die Brille ab. Hesmer leuchtete mit seiner Taschenlampe. Tatsächlich stand der kugelförmige Metallkäfig wieder im Raum. Im

Inneren hüpfte quicklebendig das Eichhörnchen herum. Hesmer jubelte und drückte den Hebel des Sicherungsautomaten herunter. Das Licht ging im Haus wieder an. Mayer und Hesmer klatschten ab und grinsten sich an wie die Schuljungen nach einem gelungenen Streich. Nun ja, die gefallene Sicherung. Die Energie der Akkumulatoren hatte eben nicht ganz ausgereicht, aber das ließ sich leicht beheben. Wegen des Stromausfalls war Hesmers Frau besorgt heruntergekommen. „Alles in Ordnung Schatz", beruhigte sie Hesmer. Am Ende stießen sie mit einem Glas Sekt auf den Erfolg des ersten Experiments an.

Schon am nächsten Tag brachen sie auf. Kleider, Geld, Reisepässe und weitere Utensilien hatte Hesmer besorgt. Trotzdem war es Mayer flau im Magen, als er neben Hesmer in der Transportationskugel Platz nahm. Nun gab es kein Zurück mehr. Sie trugen alte Klamotten des letzten Jahrhunderts und moderne Schutzbrillen. Nach dem Countdown zuckten blaue Blitze über die Kugelhülle. Ein Gefühl des Fallens und der Beschleunigung grummelte bei Mayer um die Magengegend. Die Gitterbleche der Transportationskugel schienen hellblau aufzuglühen und ein fahles Licht durchströmte alles. Sie verloren kurz das Bewusstsein und wachten in völliger Dunkelheit auf. „Alles klar May?", schnaufte Hesmer. „Ja, äh, wo bin ich Hes?", krächzte Mayer. „Willkommen in der Vergangenheit, May. Oh, solch ein Feuerwerk hätte ich nicht erwartet. Aber ich kann mich noch gut an alles

erinnern. Das ist wichtig. Es war bis jetzt unklar, ob bei einer Zeitreise das Gedächtnis der Zeitreisenden ausgelöscht wird. Das konnte ich auch mit dem Eichhörnchen nicht testen", entgegnete Hesmer. Er öffnete die Transportationskugel und sie standen in einem dichten Gebüsch innerhalb eines Waldes. „Ja leider ist die Kugel nicht wegzuzaubern. So lange wir in der Vergangenheit unterwegs sind, steht das Ding hier. Aber wir können es mit Ästen und Zweigen tarnen, so gut es geht. In sieben Tagen um zehn Uhr Ortszeit müssen wir uns wieder in der Kugel befinden. Dann beginnt die Routinerücktransportation. Falls wir es nicht schaffen, wiederholt sich die Prozedur alle 2 Tage um dieselbe Zeit. „Und wenn jemand inzwischen die Kugel klaut?", fragte Mayer entsetzt. „Ja das wäre echt schlecht. Das ist eben unser Restrisiko. Dann sitzen wir für immer hier im 19. Jahrhundert fest wie der gestrandete Robinson auf seiner Insel. Aber halb so schlimm, dann gehen wir eben nach England. Die Engländer wetten einfach auf alles. Da wir die historischen Ereignisse genau kennen, werden wir mit Sicherheit Millionäre!", grinste Hesmer. Als er das erschrockene Antlitz Mayers sah, fügte er schnell hinzu: „Ach komm, war nur ein Spaß. Denkst du, ich habe die Örtlichkeit hier nicht hinreichend geprüft? In dieses Dickicht verirrt sich in den sieben Tagen keiner."
Es dauerte wirklich einige Zeit, bis sie sich mit ihren Reisetaschen durch das Buschwerk gekämpft hatten. Ein einsamer Kutscher am Stadtrand wunderte sich,

wo die zwei offenbar wohlhabenden Herren mit Reisegepäck plötzlich auf der Landstraße herkamen. Hesmer ließ sich bequem in die Sitzbank der Kutsche fallen. Auch den nächsten Tag brachten sie meist in Postkutschen oder in Eisenbahnen zu. Endlich kamen sie früh am Morgen in Dalj an. Im Dorfgasthof quartierten sie sich für drei Tage ein. Am frühen Nachmittag meldeten sie sich beim Dorfschullehrer an. Der hatte gerade seine Schüler nach Hause geschickt und freute sich, dass zwei solch hohe Herren ausgerechnet ihn aufsuchten. Mayer und Hesmer stellten sich als zwei Professoren aus Wien vor, was ja auch fast stimmte. Diese Rolle konnten sie mehr als überzeugend spielen. Nun, sie wären auf der Suche nach besonders begabten Kindern und wollten sich deshalb ein bisschen in der Provinz umsehen. Höflich erkundigte sich der Dorfschullehrer, welcher Art denn genau die Begabung sein sollte. Mayer begann weit auszuholen: „Wissen Sie, wir leben in einem Zeitalter des Aufbruchs. Die Welt lechzt nach Eisenbahnlinien, Bauwerken und Maschinen. Dazu brauchen wir tüchtige Ingenieure. Aber leider tummeln sich an den Universitäten die Söhne reicher Unternehmer, welche ihre neoromantischen Vorstellungen in Kunst und Geisteswissenschaften ausleben wollen. Richtig arbeiten werden die später nicht. Sie erhaschen mit brotlosen Wissenschaften einen Doktortitel, um ihre Eitelkeit zu befriedigen und geben sich später mit dem Geld ihres Erbes dem Müßiggang hin. Wir benötigen aber dringend gut motivierte Rechentalente, wenn wir mit der übrigen Welt Schritt halten wollen. Die anderen Nationen schlafen nicht. Irgendwann hängen sie uns beim technisch-technologischen Fortschritt ab und wir haben das Nachsehen. Deshalb haben wir uns entschlossen, in der Provinz unter der ärmeren Bevölkerung nach solchen Talenten zu suchen. Diese Kinder besitzen nämlich noch eine große Motivation zur harten Arbeit, welche man im Ingenieurswesen braucht." Diese Ansprache wirkte offensichtlich auf den Lehrer wie ein Ritterschlag. Er streckte die Brust heraus und wurde gleich etwas größer. „Ich habe da jemanden, auf den das zutrifft, was sie suchen. Sehen sie den Jungen da hinten am Brunnen mit der grauen Mütze? Das ist der Milutin. Obwohl er erst sieben Jahre alt ist, kann er aus den Winkelbeobachtungen einiger Punkte am Donauufer die Breite des Flusses be-stimmen. Er stellt sich solche Aufgaben aus reinem Zeitvertreib und löst sie spielerisch mit grafisch-geometrischen Ansätzen. Eigentlich ist er ja sehr kränklich und kommt selten zur Schule. Sein Vater und dessen gelehrte Freunde unterrichten Milutin nämlich schon seit drei Jahren." Mayer und Hesmer gaben sich nicht nur beeindruckt, sondern waren nun auch sicher, den richtigen Kandidaten für ihren Plan gefunden zu haben. Der Stolz des braven Lehrers wuchs fast ins Unermessliche. Er versprach, ihn nach Kräften zu fördern und wollte ihn gern rechtzeitig auf ein Gymnasium schicken. Aber da wäre noch ein kleines

Problem. Milutins Vater besaß ein kleines Unternehmen, was aber derzeit nur wenig Gewinn abwarf. Er hätte wohl vor, seinen Sohn nach der Volksschulausbildung in seiner Firma anzulernen. Mayer seufzte, denn jetzt musste wohl ihr teuer erstandenes historisches Geld geopfert werden. Insgeheim hatte wohl der alte Geizhals Mayer gehofft, dass sie ihren Plan weitestgehend kostenneutral ausführen konnten. Hesmer entgegnete: „Wir werden uns schon darum kümmern. Es kann doch nicht sein, dass Geldprobleme unseren besonders begabten Nachwuchs vom Studium abhalten. Sie sind doch auch der Pfarrer dieser Gemeinde, oder?" Der Lehrer bejahte. Ob denn eine angemessene Spende für die Kirchgemeinde seine Überzeugungskraft bei Milutins Vater beflügeln würde? Sie würden natürlich auch mit dem Vater sprechen, jedoch dürfte er als Dorfschullehrer und Pfarrer doch auch einen gewissen Einfluss besitzen. Das wirkte offenbar sofort. Gleich morgen wollte der Pfarrer Milutins Vater aufsuchen, um ihm eine weitreichende Ausbildung seines Sohnes anzuraten. Mayer und Hesmer befanden, dass sie hier genug Überzeugungsarbeit geleistet hatten und verabschiedeten sich vom Dorfschullehrer.

„Hes, eigentlich müssten wir uns doch beeilen, den Milutin zu beobachten. In jeder Minute kann der Unfall passieren", schnaufte Mayer beim Hinausgehen. „Quatsch, eben war er doch noch da", meinte Hesmer. Er war der Meinung, dass der Junge damals auf ein

Treidelboot ging und ins Wasser fiel. Derzeit zeigten sich aber am Landungssteg von Dalj keine Schiffe, die anlegten. „Ja der Milutin kann aber auch vom Ufer aus ins Wasser gefallen sein", entgegnete Mayer. „Dann wär es aber kein Treidelunfall. Wir haben bestimmt noch genug Zeit", entgegnete Hesmer. Also schlenderten sie durchs Dorf, fragten diesen und jenen nach den dörflichen Begebenheiten und machten sich ein Bild von der örtlichen Lage. Die Sonne begann zu sinken und Mayer drang auf eine Begegnung mit Milutin. Wenn man ihn so zeitig wie möglich vom Fluss wegbrachte, konnte der Treidelunfall nicht mehr geschehen. Schließlich landeten sie in einem Lokal, von dem man das Donauufer einsehen konnte. Hesmer setzte sich hin und beobachtete den Landungssteg. Doch Mayer hatte den Jungen schon am Ufer erspäht. „Hes, ich gehe jetzt und hole ihn herauf. Wie kannst du nur so ruhig bis auf den letzten Moment warten?", rief er seinem Freund zu. Hesmer blieb aber sitzen. In seinem erdachten Szenario sollte Milutin einen anlandenden Treidelkahn besteigen, dann erst wollte er tätig werden. Mayer dagegen erhob sich und ging mit schnellen Schritten auf das Donauufer zu.

Die Donau plätscherte träge in ausladenden Schleifen durch die Weiten der südosteuropäischen Landschaft. Hier im habsburgischen Kaiserreich, an der kroatisch-serbischen Grenzregion bei Dalj ging es im Spätsommer 1886 ländlich-beschaulich zu. Die Bauern brachten wie seit Jahrhunderten gewohnt ihre Ernte ein und die Pferdefuhrwerke fuhren die Garben zu den Dreschplätzen. Dabei hatte bereits das Maschinenzeitalter begonnen. Große schwarze Dampflokomotiven durchquerten Europa auf eisernen Straßen und verdrängten Pferdekutsche und Ochsenkarren aus dem Fernverkehr. Doch davon war hier noch nichts zu spüren. Einzig auf dem Fluss, der blauen Donau, waren schon einzelne Dampfschiffe unterwegs, die schwarze Rauchwolken ausstießen und stromaufwärts nicht mehr auf Pferde zum Treideln angewiesen waren. Noch gab es aber die Treidelgespanne am Uferpfad, welche die schweren Donaukähne entgegen der Strömung nach Norden zogen. Am Wasser spielte ein siebenjähriger Junge mit Stöckchen, die er in den Fluss warf. Es machte ihm Spaß dabei zuzusehen, wie die Strömung die Stöckchen erfasste und mit sich forttrug. „Vielleicht kommt eines davon im Schwarzen Meer an.", dachte er sich. Er hieß Milutin und war schon mit fünf Jahren in die Schule gekommen, weil er ziemlich klug war. Er verstand es, seine Umwelt zu beobachten und daraus seine Schlüsse zu ziehen. Dabei hatte er bemerkt, dass seine Stöckchen am Rand des Flusses langsamer schwammen als die Lastkähne, die in der Flussmitte stromabwärts getragen wurden. Außerdem war ihm nicht verborgen geblieben, dass an Flussbiegungen die schnelle Strömung zum Außenbereich der Kurve ausgelenkt wurde. „Hm, das Wasser fließt in der Mitte schneller als am Rand", dachte er sich, „ob man damit auch ausrechnen könnte, wie viel

Wasser in der Donau fließt?" Die Breite des Flusses hatte er schon berechnet und die Tiefe von den Donaufischern erfragt. Leider besaß er kein Chronometer mit Sekundenzeiger, um die Fließgeschwindigkeiten einigermaßen genau zu bestimmen. Eine solche Taschenuhr hatte nur der Bürgermeister. Milutin traute sich aber nicht, einen solch hochangesehenen Mann zu fragen, ob er ihm diese für seine Messungen leihen würde. Damals waren die Kinder noch eingeschüchtert von der Autorität der Erwachsenen. Selbst wenn sein Vater so eine wertvolle Uhr besessen hätte, Milutin wäre es dreist vorgekommen, ihn danach zu fragen. Trotzdem fand er es schade, dass der Bürgermeister anscheinend nur die Uhr an einer goldenen Kette in seiner Westentasche trug, um pünktlich zum Mittagessen bei seiner Frau zu erscheinen. Der kleine Milutin seufzte und gab sich wieder seinen naturwissenschaftlichen Beobachtungen hin. So rückten andere praktische Geschehnisse am Fluss in den Fokus seiner Beobachtungsgabe. Immer wenn sich ein Treidelgespann von Süden näherte, ging er neben den Treidelpfad, um es durchzulassen. Besonders interessierte ihn die Mechanik des Treidelns. Je mehr beladen die Kähne waren, desto tiefer lagen sie im Wasser und ihre Treidelleinen spannten sich straff wie Gitarrensaiten. Schon beim Zuschauen konnte er die dabei wirkenden Kräfte spüren. Da bemerkte der Junge einen Mann, der offenbar genau auf ihm zukam. Der Mann winkte ihm und rief etwas. Milutin konnte es nicht genau verstehen. Er war vom Geschehen auf der Donau abgelenkt und wollte wissen, was der Herr denn von ihm wollte. "Hallo, hallo! Bist du der Milutin?", rief der Mann. Milutin bejahte. Der Mann kam näher und stand ihm schließlich auf dem Treidelpfad gegenüber. "Ich bin Professor Mayer aus Wien", fing Mayer seine Konversation an und fuhr fort: "Ich habe gehört, dass du sehr gut in der Schule lernst und ..." Weiter kam er nicht, denn der Junge schnitt ihm das Wort ab. Das wäre für die damalige Zeit eigentlich sehr unhöflich gewesen, aber es hatte seinen Grund. "Mein Herr, wir müssen etwas zur Seite gehen, eben geht der Treidelkahn vorbei", sagte Milutin höflich. Tatsächlich, ein Kahn mit Mauersteinen nahte gerade von Süden. Rein mechanisch ging Mayer zusammen mit dem Jungen ein paar Schritte zur Seite, um den Treidelpfad zu verlassen und dem Pferdegespann Platz zu machen. Im Unterbewusstsein arbeitete Mayers Gehirn: "Treidelpfad ... da war doch etwas ... etwas Wichtiges ... mit Treideln hing es zusammen ... äh was war es denn nur?" Der herannahende Treidelkahn lag besonders tief im Wasser und die Pferdeknechte mussten das Gespann tüchtig antreiben. Die Pferde waren noch ausgeruht, sie stampften wild gegen den Widerstand der ruhig aber kraftvoll strömenden Wassermassen an. Täglich war das Gespann unterwegs, seine Treidelknechte zogen mit ihm Kahn auf Kahn die Donau hinauf. Bald würden sie nicht nur ihr Tagwerk geschafft haben. Es nahte auch der freie Sonntag. Jeder hing seinen Gedanken nach, was er denn an diesem freien Tag machen würde. Schon seit dem Morgen bemerkten sie, dass die Treidelleine, ein starkes Hanfseil, nahe der Bootsschlaufe ausgefranst war. Am Montag wollten sie ein neues Seil auflegen. Es lag schon am Vorspannplatz bereit, aber heute hatten sie einfach keine Zeit für den Wechsel gehabt, da der Mauersteinkahn zeitig dran war und sie auch zeitig Feierabend machen wollten. Na ja, sie hatten schon schlimmere Leinen gesehen und diese eine Fuhre würde sie noch durchhalten. In der Flussbiegung zogen sie den Kahn gerade durch den Prallhang, wo sich die Strömung besonders stark auf ihre Seite des Fahrwassers zog. Da passierte es, was mancher von ihnen geahnt, aber doch keiner für möglich gehalten hätte. Ein Pferd des Gespanns wurde von einer Hornisse gestochen und drängte sich wild aufbäumend vorwärts. Mit einem Peitschenknall riss die Treidelleine und das Gespann bekam einen Ruck nach vorn, während die Strömung den Kahn abrupt stoppte und dieser dann langsam nach Süden trieb. Doch das war noch nicht alles. Die Treidelknechte flogen von der Wucht des Stoßes beiseite. Die kräftigen, jungen Pferde gingen durch und stoben den Treidelpfad entlang und dann die Uferböschung hinauf, die lange, abgerissene Leine hinter sich herziehend. Mayer erstarrte. Der Knall und das einsetzende Chaos ließen in seinem Hirn das Wort "Unfall" aufblitzen. Jedoch die gedankliche Verbindung zum

146

Wort „Treidelunfall" kam nicht zustande, da sich
Milutin noch am Ufer befand! Wie sollte also Milutin
am Ufer bei einem Treidelunfall ertrinken? Doch
Mayer fühlte plötzlich einen Ruck um die Körpermitte.
Er wurde ebenso wie Milutin auch von der Treidelleine
erfasst, deren nasses und schweres Ende noch im Fluss
schwamm. Im Reflex packte er den Jungen und wurde
mit ihm von der Leine in den Fluss katapultiert. Mayer
war nicht in der Lage, den gesamten Zwischenfall

gedanklich einzuordnen, es ging einfach zu schnell. "Treidelunfall ... ja genau, das war's ... ach du Sch... und ich mittendrin!", blitzte es noch durch sein Gehirn. Er fühlte sich wie eine Boje durchs Wasser des bewegten Stromes getrieben. Den Jungen hielt er aber immer noch fest umklammert. Mayers Füße schlugen ab und zu an Steine, die sich am Grund des Flusses befanden. "Mensch, die Donau ist hier am Ufer noch nicht sehr tief", stellte er fest und ihm kam ein rettender Gedanke. Ein paar kräftige Schwimmstöße seiner Beine beförderten sie beide ins flachere Wasser. Mayer stampfte gegen die Strömung an und schob den Jungen voran. Da rannte auch schon Hesmer auf sie zu. Er packte Mayers Arme und zog sie beide ans Ufer. Nachdem sie etwas verschnauft hatten, sagte Hesmer sichtlich geknickt: "May, deine Vorsicht hat uns gerettet. Ich hätte mit meiner Überheblichkeit alles vergeigt." Sie hatten noch einmal Glück gehabt, der Junge war nicht nur gerettet, sondern sie waren auch noch unaufdringlich als seine Retter auf den Plan getreten. Der weitere Verlauf gestaltete sich besser, als eigentlich geplant. Milutins Vater war überglücklich, als sie den Jungen wohlbehalten nach Hause brachten. Schnell war die Geschichte im kleinen Dorf herumerzählt. Der Bürgermeister hatte von der Rettung und ihren Ambitionen erfahren und bedrängte sie, doch mindestens noch eine Woche als seine Gäste zu bleiben. Dankend lehnten sie ab, da sie ihre Rückreise nicht gefährden wollten. Und so fuhren sie nach dem dritten

Tag in Dalj wieder mit der Postkutsche davon. „Ach war das schön ruhig und beschaulich in diesem Dorf, fast wie im Urlaub", schwärmte Hesmer, als er sich wieder in die Sitzbank der Postkutsche fallen ließ. Mayer knurrte etwas weniger begeistert: „Ja, aber wohl eher wie im Abenteuerurlaub mit Flussrafting ohne Boot. Ich bin doch kein Rettungsschwimmer. Und übrigens, es fühlt sich nicht gerade toll an, in einem fremden Jahrhundert beinahe in der Donau zu ertrinken." Hesmer grinste und boxte ihm anerkennend in die Seite: „May, du alter Schisser bist ein richtiger Held. Ich hab getrieft und du hast alles gerettet: Milutin, dich selbst und unseren Plan!" Zwei Tage später stiegen sie wieder in ihre Transportationskugel. Ihre Reisetaschen waren mit Geschenken vollgepackt. Weinflaschen, Honiggläser und andere Spezialitäten. In wenigen Minuten müsste es losgehen. Würde die Rücktransportation funktionieren? Ein leichtes Vibrieren lief durch die Kugel, das blaue Licht umfloss sie und es wurde dunkel. Gefühlte Minuten später drang angenehm gelbes Licht durch die Gitterbleche der Kugel. Hesmer erkannte seine Werkstatt und rief: „Wir sind zurück, May! Und ich kann mich an die Zeitreise erinnern, ich weiß noch alles, du auch May?" „Ja natürlich, und der Wein ist auch noch da", schnaufte Mayer mit weichen Knien, „Lass uns gleich eine Flasche davon trinken auf den Schreck!" Und so saßen sie in der Werkstatt und warfen den Elkom-Computer an, um den Erfolg ihrer Zeitreise zu prüfen.

Beim ersten Glas blickten sie auf das Digitalisat des Kirchenbuchs von Dalj. Es erschien die vergilbte Seite von 1886. Doch dort, wo sich gestern noch der Sterbeeintrag des Milutin Milankovic befunden hatte, gähnte eine leere Zeile. Am rechten Blattrand prangte ein verschmierter Tintenfleck. „Das gibt's doch nicht, wir haben tatsächlich mit der Vergangenheit die Gegenwart geändert!", rief Hesmer erstaunt aus: „Ich war mir eigentlich sicher, aber wollte es dann doch nicht glauben." Beim zweiten Glas Wein drängte Mayer darauf, Milutins Werdegang zu recherchieren. Das Universitätsarchiv zeigte einige Einträge. Offenbar war aus Milutin ein Betonspezialist geworden. Die unmittelbare Wirkung auf den Erdbahnwahn der Gegenwart war gleich null. Trotz des Weins war das eine Ernüchterung. „Das ist wohl meine Schuld. Hätte ich doch beim Dorfschullehrer die Bauwerke im Ingenieurswesen nicht noch explizit betont!", seufzte Mayer. „Ach May, ist halb so schlimm. Wir wollten doch sowieso noch einen zweiten Anlauf nehmen. Wenigstens hat der Junge studiert. Außerdem beweisen seine Arbeiten, dass er mathematisch sehr fähig ist", beruhigte ihn Hesmer. Und so schmiedeten die beiden einen Plan für eine zweite Zeitreise. Nach der ersten Flasche leerten sie eine zweite und Mayer legte sich schließlich beruhigt im Gästezimmer von Hesmers Anwesen schlafen.

ZEITREISE IN GEFAHR

Hesmer überprüfte seine Zeitmaschine. Eine Baugruppe der Akkumulatoreneinheit musste ausgetauscht und durch robustere Teile ersetzt werden. Mittags ging er wie gewohnt zum Imbisswagen und holte sich seine geliebte Currywurst. Dem Verkäufer, es war immer noch unser Ferdinand, fiel sofort Hesmers gefühlsmäßige Wandlung auf. Instinktiv schloss er auf das Gelingen irgendeiner Aktion. Außerdem hatte er am Vormittag Mayer gesehen, als dieser Hesmers Grundstück verließ. Das natürlich bereitete Ferdinand Sorge. Hatte er etwas verpasst? Sollten die beiden mit der Zeitmaschine bereits in der Zukunft Steinhubers Thesen veröffentlicht haben? Er musste einfach jetzt handeln, um sich Gewissheit zu verschaffen. Er musste da rein, in Hesmers Haus, wo zweifelsohne die Zeitmaschine stand. Vielleicht war noch etwas zu retten. Konnten seine Auftraggeber nicht die Zeitmaschine konfiszieren und alle getätigten Aktionen rückgängig machen? Ferdinand war zum Äußersten bereit. Am Abend schloss er sich in seinem Inbisswagen ein und blieb darin bis kurz nach Mitternacht. Als in Hesmers Haus alle Lichter erloschen waren, schlich er heran. Die kleine Tür zur Garage, wo der Steam Cruiser stand, war wie immer nicht verschlossen. Leise drang er über die Garage ins Haus ein. Schon nach zwei Türen stand er in Hesmers Werkstatt. Die Komplexität der dort aufgebauten Apparaturen

ließ keinen Zweifel daran, dass es sich dabei um die ominöse Zeitmaschine handeln musste. Ein Bildschirm mit grünen Zahlenblöcken flimmerte. Die letzte Zahlenkolonne schien ein Datum in der Zukunft anzuzeigen. „Ha, sie waren im übernächsten Jahr gewesen", schloss er aus seiner Beobachtung. Auf dem Tisch lag eine Checkliste mit einer überschaubaren Anzahl von Programmbefehlen. Hesmer hatte also eine Dokumentation angelegt. „Aha, scheint einfach zu sein. Hier steht: i) das Programm ChronoX starten, ii) das Zieldatum der Hintransportation eingeben, iii) Startdatum der Rücktransportation eingeben, iv) Ankunftsdatum der Rücktransportation eingeben, v) innerhalb 5 Minuten in die Transportationskugel begeben, und dann geht es los... Die Rücktransportationsroutine läuft nach Zeitplan automatisch ab. Hm, so einfach ist das", murmelte Ferdinand. Sicherheitshalber schrieb er sich die Zahlenkolonne mit dem Datum auf und verließ auf leisen Sohlen das Haus. Daraus ließ sich doch etwas machen. In seiner Wohnung angekommen, schmiedete er einen Plan. Der Supervisor konnte mit seinen Informationen eh noch nichts anfangen und würde ihm ja sowieso nicht glauben. Außerdem war Steinhubers Manuskript ja sicherlich schon in die Zukunft gebracht worden. Er musste die Zeitmaschine in seine Gewalt bekommen und die Publikation verhindern. Aber dies konnte er nicht allein und ohne großen Aufwand bewerkstelligen. Ach, das war aber auch wieder vertrackt! Fast schien das Problem zu komplex für ihn zu werden. Falls er Bericht erstattete, nahm man ihm sicher die Sache aus der Hand. Die erste Abteilung würde eine groß angelegte Aktion starten und deren Ausgang als ihren eigenen Erfolg verbuchen. Aber sollte er selbst in die Zukunft reisen und die Veröffentlichung verhindern? Selbst wenn ihm das gelänge, so würde man ihm nicht glauben. Nein, er musste den Supervisor einweihen, durfte aber nicht alle Informationen preisgeben. Eben so, dass er selbst weiter ermitteln konnte. Ohne ihn konnten sie sowieso nichts machen. Er war in das Mysterium der Zeitreise eingeweiht. Als erstes würde er heimlich die Zeitmaschine betätigen und in der Zukunft ausspähen, wann und bei welcher Zeitschrift der Artikel erscheinen würde. Dann musste er dies nur noch irgendwie verhindern und die Zeitmaschine zerstören. Für Hesmer und Mayer fiel dem Büro Wolf sicherlich noch etwas ein. Entweder hatten sie beide einen

Autounfall, oder sie würden in die Psychiatrie eingewiesen werden wie der verrückte Steinhuber.

Gleich am nächsten Tag bat er um ein Gespräch beim Supervisor. Der dachte zuerst, einen gestressten Mitarbeiter mit einem ausgeprägten Burnout vor sich zu haben. Erst als er recherchiert hatte, dass sich Professor Hesmer vor einigen Jahren tatsächlich mit der Zeitreisetheorie beschäftigte, lenkte er ein. Seiner Meinung nach wäre die Sache möglich, aber so krass, dass sie keiner glauben würde. Das Büro Wolf wird für seine Ergebnisse bezahlt. Wie sollte er so etwas an seinen Auftraggeber verkaufen? Etwa so: „Sehr geehrter Herr X, hiermit stellen wir Ihnen für unsere Ermittlungen in der Zukunft folgende Zeitreisepauschale in Rechnung …" Nein, das würde kein Mensch glauben. Ferdinand verriet aber auch den Zeitpunkt nicht, wann denn diese Veröffentlichung in der Zukunft erscheinen würde. Er, der Supervisor des Büros, saß nun in der Zwickmühle. Am liebsten hätte er Ferdinands Offerte ignoriert. Aber vielleicht war doch etwas dran an der Geschichte? Er wollte Ferdinand auch nicht durch seine Ignoranz vergraulen, da er ihm doch ganz fähig und motiviert erschien. Endlich hatte Ferdinand seine Bedingungen gestellt. Er wollte bei einem Erfolg in dieser Ermittlung in die erste Abteilung, die Kreativabteilung versetzt werden. Das konnte der Supervisor natürlich sofort bejahen. Aber wie sollte der Beweis für seine Auftraggeber erbracht werden? Da fiel ihm etwas ein: „Mein lieber Ferdinand, Sie sind schon viele Jahre bei uns und wollen es sicher auch bleiben, wie ich Ihren Verwendungswünschen entnehme. Ich schätze Ihre Initiative, habe aber das Problem, meinem Auftraggeber die Glaubwürdigkeit der Aktion zu vermitteln. Wir erledigen unsere Arbeit ja nicht als Selbstzweck, sondern werden dafür bezahlt. Unser Auftraggeber gibt zwar große Geldsummen aus, jedoch sind für ihn Zeitreisen absolut unglaubwürdig. Also muss ich mit unserem Auftraggeber verhandeln. Ich kann ein Treffen mit ihm frühestens in einer Woche organisieren. Sie haben gesagt, dass Sie sich heimlich Zutritt zur Zeitmaschine verschaffen können und auch über Kenntnisse ihrer Bedienung verfügen. Ich erwarte Sie in sechs Tagen wieder. Bringen Sie als Beweis Fotos von den Titelseiten der größten Tageszeitungen mit, die in vierzehn Tagen erscheinen werden. Wenn ich diese unserem Auftraggeber präsentiere, wird er sicher von unserer Professionalität überzeugt sein." Ferdinand saß zwar auf dem Stuhl vor dem Supervisor, stand aber innerlich stramm vor ihm, als erwarte er eine Beförderung zum Oberermittler. Stolz auf sich und seine Schlauheit stimmte er zu und machte sich unverzüglich auf den Weg. Als er gegangen war, begann der Supervisor einen Überwachungsauftrag an ein externes Büro zu formulieren. So sollten, in wenigen Tagen beginnend, Hesmer, Mayer und auch Ferdinand unauffällig überwacht werden. Damit zog sich die Schlinge zu und das Schicksal der beiden Professoren schien besiegelt zu sein.

Am nächsten Tag traf sich auf der Terrasse von Mr. Steam das Triumvirat der Magnaten beim Plausch. Allen dreien schien die derzeitige Lage wohl zu gefallen. Alles lief nach Plan. Mr. Steam räusperte sich und begann: „Wo Geld vorangeht, meine Herren, stehen alle Wege offen. So sagte es schon der alte Shakespeare. Wir sind an einem Punkt angelangt, wo die Gesellschaft uns ohne Zweifel folgt. Das MES-System ist eine Erfolgsgeschichte. Im Vertrauen gesagt, ob die Erdbahn und das Universum unseren Aktivitäten folgen werden, wissen wir noch nicht. Schlimmstenfalls müssen wir nachregeln. Aber bestenfalls haben wir das Schlimmste verhindert. Es kann auch sein, dass unsere Aktivitäten auf die Erdbahn völlig wirkungslos waren und trotzdem nichts Schlimmes passiert. Lassen wir dann einfach die Menschheit in dem Glauben, dass unsere Maßnahmen alle gerettet haben." Bolten und Walters prosteten ihm mit ihren Whiskygläsern zu. Der dicke Bolten hatte aber dann doch eine Frage: „Wir haben es geschafft, die Menschen in eine gewisse Abhängigkeit zu bringen. Sie zahlen an uns für die Erdbahnstabilisierung, ohne zu murren. Was ist aber in einigen Jahren, da ist doch die ganze Technik aus- und umgerüstet. Wird sich dann das Wachstum unserer Branchen nicht wieder abflachen?" Walters entgegnete: „Wir wollen doch nicht jetzt schon unken, wenn alles für uns so gut läuft. Man wird dann weitersehen. Vielleicht kommt eine neue Technologie in Mode, wie wir alles besser und effizienter machen. Diese Weiterentwicklung lassen wir uns natürlich extra bezahlen." Mr. Steam zog an seiner Zigarre und grinste. „Steam, was denken Sie denn jetzt schon wieder? Sie alter Schlingel wissen doch schon mehr, oder?", fragte Bolten unverwandt. „Ja Mister Bolten, der alte Einstein sagte einmal, dass zwei Dinge unendlich sind: Die Dummheit der Menschen und das Universum. Und bei Letzterem war er sich noch nicht ganz sicher", gab Steam von sich, stieß dicke Rauchwolken aus und fuhr fort: „Es gibt viele Gefahren für die Menschheit. Ob es die Verschiebung der Erdbahn, Veränderungen des Klimas oder mögliche Asteroideneinschläge auf der Erde sind; die Wissenschaftler haben immer gewisse apokalyptische Szenarien vor Augen. Wir müssen nur noch die Angst der Menschen kontrollieren und zu Geld machen. Das ist viel besser als das alte Geschäftsmodell des Individualkonsums. Irgendwann besitzen die Menschen all das, was sie glauben, unbedingt haben zu müssen. Sie sind dann durch keine Werbung zu bewegen, noch mehr zu kaufen. Bedürfnisse sind endlich, jedoch Angst können wir den Menschen unbegrenzt verkaufen." Bolten und Walters nickten selbstzufrieden und stimmten ihm vorbehaltlos zu.

Es regnete schon den ganzen Tag. Ferdinand fröstelte in seiner Würstchenbude. Heute noch musste es geschehen. In fünf Tagen würde der Supervisor seinen Auftraggeber treffen. Je zeitiger er mit dem Material kam, desto besser. Aber ganz wohl war ihm nicht dabei. Sein Frösteln kam nicht von der Kälte, denn der Wurstgrill strahlte angenehme Wärme ab. Die Zielperson Hesmer hatte sich den ganzen Tag nicht sehen lassen. Auch sonst gab es keine Personenbewegung auf dem Grundstück. Es schien einfach niemand im Haus zu sein. Er schloss sich also abends in seiner Würstchenbude ein und wartete. Gegen Mitternacht schlich er zu Hesmers Garagentür, die wie immer nicht zugesperrt war. Um seinen Hals baumelte eine Fotokamera für die Beweisfotos aus der Zukunft. Was wusste er denn schon über seine unmittelbar bevorstehende Zeitreise? Ob bei seiner Rückkehr in die Gegenwart überhaupt noch Bilder auf dem Film waren? Vielleicht blieben die ja in der Zukunft? Egal, er musste es irgendwie erst einmal versuchen. In der Werkstatt glomm immer noch der kleine Monitor mit den grünen Zahlenkolonnen. Der Hauptcomputer war nur im Standby und nach einem Tastendruck wurde der große Bildschirm hell. Wo war nur dieses verflixte ChronoX-Programm? Er brauchte nicht einmal die Dateiensuche zu bemühen, in der Ecke des Monitors befand sich ein Weckersymbol mit der Beschriftung „ChronoX". Das Programm startete und ein Eingabemenü tat sich auf. Oben stand das Eingabefeld „Zieldatum Jahr". Doch was stand darunter? „Format wählen" Was war das für ein Zeug? Verunsichert klickte Ferdinand darauf. Es erschienen die Listeneinträge: „Differenz d", „Differenz h", „absolut n. Chr. d" und „absolut n. Chr. h". Ferdinand grübelte. Also mit Differenz konnte er nichts anfangen. Das „n. Chr." musste doch „nach Christi Geburt" heißen. Also konnte er das Jahr wie gewohnt als Zahl mit vier Ziffern eintragen. Aber was bedeuteten die Buchstaben „d" und „h"? Möglicherweise hieß das „d" damals, also Vergangenheit und das „h" heute, also Gegenwart. Ein „z" wie Zukunft war nicht enthalten. Aber, Teufel nochmal, die Zukunft lag näher an der Gegenwart. Also klickte er „absolut n. Chr. h" an. Beim Einstellen des Zieltages und der Uhrzeit ging es wieder leichter. Er wollte ab 9 Uhr vormittags bis zum nächsten Tag 9 Uhr, also 24 Stunden in der Zukunft bleiben. So konnte er vormittags die Zeitungen fotografieren. Falls etwas dazwischenkam, hatte er am nächsten Morgen noch eine Chance. Als er die Rückholzeit auf 00:30 Uhr einstellen wollte, meckerte das Programm: „zulässige Rückkehrzeit zur Gegenwart unterschritten; Mindestzeit bis 00:05 Uhr des nächsten Tages". Ferdinand schaute irritiert auf seine Uhr. Es war 00:05 Uhr. Ja, das kam ihm jetzt wieder plausibel vor. Er wollte 24 Stunden in der Zukunft bleiben, also musste bis zu seiner Rückkehr die gleiche Zeit in der Gegenwart verstreichen. „Langsam verstehe ich das Programm", grinste er. In Wirklichkeit hatte er nur einen Teil verstanden. Hätte er während seiner Schulzeit nur ein bisschen mehr aufgepasst, wäre ihm aufgefallen, dass die Kürzel „d" und „h" im Zieljahr vielleicht auf die Zahlensysteme „dezimal" und „hexadezimal" hinweisen könnten. Auch auf dem kleinen Bildschirm der

ChronoX-Logfiles mit den grünen Zahlengruppen waren neben Ziffern auch manchmal die Großbuchstaben von „A" bis „F" eingestreut. Das würde auf eine Affinität des Programmierers zum Hexadezimalsystem hinweisen. Wohl besaß Ferdinand eine gewisse Intelligenz, aber den Erfolg seines bisherigen Handelns verdankte er größtenteils seiner Menschenkenntnis und seinen sehr gut funktionierenden Instinkten. Und so nahm das Unglück seinen Lauf. Ferdinand bestieg mit der Fotokamera forsch die Transportationskugel. Er saß nun dort im guten Glauben, etwa 12 Tage in die Zukunft zu reisen. Doch ach, dies sollte sich als großer Irrtum erweisen. Er hatte als Ziel seiner Reise das aktuelle Jahr in der ihm gewohnten Ziffernfolge eingetragen. Doch mit dem Buchstaben „h" im Zahlenformat hatte er das Hexadezimalsystem angewählt. Nun haben Hexadezimalzahlen die schöne Angewohnheit, beim selben Zahlenwert etwas kürzer zu sein als die trivialen Dezimalzahlen. Somit besitzt eine beliebige, vierstellige Ziffernabfolge im Hexadezimalsystem einen deutlich größeren Zahlenwert als im Dezimalsystem. Beim Start der Transportation umfloss das blaue Licht die Kugel und Ferdinand bekam ein bisschen Angst. Er war nun Kräften ausgeliefert, die er nicht mehr kontrollieren konnte. Dann wurde es finster um ihn …

Als er aufwachte, drang als erstes ein gänzlich anderer Geruch in seine Sinneswahrnehmung. Es roch wie nach einem chemischen Desinfektionsmittel. Von draußen schien diffuses Licht durch das Metallgitter seiner Zeitreisekapsel. Er öffnete die Klappe der Transportationskugel. Der Raum, in dem er sich nun befand, erinnerte kaum noch an den, in welchem er in die Kugel gestiegen war. „Oh, die haben aber in den letzten zwölf Tagen ganz schön umgeräumt", schoss es Ferdinand durch den Kopf. Aber was war das? Der Elkom-Computer sowie das Equipment der Zeitmaschine fehlten. Überall standen undefinierbare, graue Container herum. Auch schien die Deckenhöhe gewachsen zu sein. Wo war er? Ferdinand bekam Panik und stürmte auf die Tür zu. Die ließ sich nicht wie gewohnt öffnen. Alles schien sonderbar fremd zu sein. Die Fenster, ja komisch, sie hatten eine kleine auf die eigentliche Scheibe aufgesetzte graue Platte anstatt der Fenstergriffe. Er drückte auf die Platte, zog daran, versuchte sie zu drehen. Es nützte alles nichts, der Fensterflügel blieb geschlossen. Wie ein gejagtes Tier blickte er sich um. In der Ecke lag ein sauber gestapelter Haufen kantiger Körper. Sollten das Steine sein? Er wog einen dieser grauen Quader in der Hand. Er fühlte sich an wie Kunststoff, war aber schwer wie Beton. Schließlich holte er aus und versuchte, die Fensterscheibe damit einzuschlagen. Komisch, sie splitterte nicht, sondern beulte sich nur leicht nach außen aus. Er schlug intensiver zu. Plötzlich platzte ein Spalt in der Mitte auf. Das Glas, oder was es immer auch war, riss wie eine Folie auseinander. Mit einer großen Kraftanstrengung bog er die Fetzen der Scheibe nach außen und zwängte sich durch die Öffnung. Endlich Luft und Sonne. Er ließ sich aus dem Fenster fallen und sah sich um. Ferdinand fühlte sich wie in einem Traum. In der Umgebung war einfach nichts mehr wiederzuerkennen! Keine Bäume mehr, nur Gras und Büsche, dahinter graue Bauwerke mittlerer Größe. Langsam dämmerte es ihm, dass er womöglich in der falschen Zeit gelandet war. Ja der Ferdinand wusste nicht, wie ihm geschah. Allerdings hätte ein naturwissenschaftlich gut gebildeter Mensch ausrechnen können, dass eine Angabe des Zieljahres als Dezimalzahl in der Hexadezimalmatrix einer Zeitmaschine einer Transportation von etwa 4000 Jahren in die Zukunft entspricht. Ferdinand wankte also verstört in einem ihm gänzlich unbekanntem Gelände herum. Plötzlich hörte er ein Rauschen über sich. Er schaute nach oben. Ja die Sonne war noch da. Wenigstens auf die konnte er sich noch verlassen. Doch neben der Sonne blinkte ein violettes Licht vom Himmel herab. Da schwebte etwas, eine Art Hubschrauber, der hatte es offenbar auf ihm abgesehen. Abgehackte kurze Laute, gingen von diesem Hubschrauber aus. Der landete vor ihm und es öffnete sich eine Kabinentür. Noch bevor er weglaufen konnte, traf ihn etwas am Rücken und seine Arme und Beine versagten ihren Dienst.

Endlich erwachte Ferdinand. Er fühlte einen dumpfen Schmerz in der rechten Schulter und ein Gefühl der Lähmung in allen Gliedern. Es war bestimmt nur ein schlechter Traum. Das sagte er sich und schlug die Augen auf. Er befand sich in einem Bett. Offenbar gefesselt, weil er sich kein Stück bewegen konnte. Drei menschenähnliche Wesen beugten sich über ihn. Ja sie hatten Gesichter fast wie Menschen, aber an ihrem Kopf befanden sich verschiedene technische Anbauteile. Am Auffälligsten war eine Art Display, das sich von der Stirn rings um den gesamten Schädel zog. Das blinkte wie wild und zeigte in grellen Farben gewisse Symbole an. Dazu grunzten die Wesen in extrem kurzen Lauten. Die drei Wesen wirkten auf Ferdinand wie Außerirdische. „Jetzt haben die Marsmenschen doch die Erde erobert", dachte er, bevor sein Bett in den Tunnel des Operationsroboters rollte. Der Chefarzt und zwei Oberärzte, das waren die komischen Wesen, waren schon ein bisschen aufgeregt. So etwas hatte sie noch nie gesehen. Ein erwachsener Mensch, roh ohne Schutzteile, ohne Kommunikationsimplantate und ohne Analysator. Letzteres erschien ihnen höchst gefährlich. Man konnte nicht erkennen, was dieser Fremdling gerade denkt. Deshalb sollte er so schnell wie möglich operiert werden. Justiert im Operationsroboter wurde ihm etwas gespritzt und er verlor wieder das Bewusstsein. Mehrere Operationen verwandelten den Menschen Ferdinand nun in einen perfekt funktionierenden und gut lenkbaren Hybriden.

Ferdinand konnte ja nicht wissen, dass der technisch-technologische Fortschritt der Menschheit (sofern man diese Wesen noch als Menschen bezeichnen konnte) in der Ultrazukunft solche Blüten treiben konnte. Sie haben Anbauteile und Implantate, welche ursprünglich die Unvollkommenheit des biologischen Menschen beseitigen sollten. Ihre Ernährungsfrage ist gelöst. Sie bekommen hocheffizient einen Biobrei aus Algen- und Quallenpulver genau nach persönlichem Bedarf mit zugemischten Nahrungsergänzungsstoffen in den Magen gepumpt. So wird die Zeit zur Beschaffung, Zubereitung und Aufnahme der Mahlzeiten einge-spart. In dieser Zeit können die menschenähnlichen Wesen entweder arbeiten oder konsumieren, was diese Wesen zu einem perfekten *homo oeconomicus* macht. Die entwickelte Ökonomie des modernen Menschen zeigt sich auch in dessen Kommunikationsverhalten. Die nunmehr als altmodisch und archaisch bezeichneten Kommunikationsformen der Sprache und einer Schrift sind inzwischen vollständig verlorengegangen. Das müßige Formulieren von Sätzen und ihre Umsetzung in eine orthografisch richtige Schreibweise wird den Menschen nun endlich vollständig von der Technik abgenommen. Allein die Intentionen und Gedanken erzeugen bei den modernen Menschen eine Film- oder Symboldarstellung auf ihrem Stirndisplay. Diese wird durch vereinfachte Mimik, Gestik und kurze Laute unterstützt. Abgesehen vom Stirndisplay ähnelt die Kommunikation nun wieder der unserer tierischen Vorfahren. Man braucht keine Grammatik mehr, alles ist so einfach intuitiv geworden. Der moderne Mensch wird eben in den Belangen des Alltags hocheffizient

unterstützt und gelenkt. Nun ja, was soll man weiter
dazu sagen, das ist eben das Ergebnis des perfekten
Zusammenspiels zwischen künstlicher Intelligenz und
natürlicher Dummheit.

REISE NACH BELGRAD

Wenige Stunden nach Ferdinands Abreise in die Ultrazukunft, es war noch immer dunkel, klingelte Mayer bei Hesmer an der Haustür. Der öffnete ihm verschlafen. „Guten Morgen May, komm rein!", brummte er und zog Mayer in den Flur, um die Tür schnell wieder zu schließen. Schlaftrunken tapste er in seine Werkstatt, öffnete einen Schrank und gähnte herzhaft: „Uuäähh! Lass uns schon mal den alten Fummel anziehen, dann trinken wir noch einen Kaffee, bevor es losgeht." Mayer betrat hinter ihm die Werkstatt und erschrak. Er rief: „Hes, wo ist die Kugel?" Hesmer kramte ihre historischen Kostüme aus dem Kleiderschrank und brummte blinzelnd: „Wo soll sie denn sein, he? Natürlich hie…" Weiter kam er nicht, sondern starrte wie gebannt auf die Zeitmaschine. „Die Kugel ist geklaut! Verdammte Buntmetalldiebe!", schoss es ihm durch den Kopf. Doch ein Blick auf die Monitore ließ ihn nochmals erstarren. Ein Transportationsprozess war aktiv! Wer zum Teufel sollte das …? Seine Frau und die Kinder waren gerade bei den Schwiegereltern in Kärnten. Die konnten es nicht gewesen sein. „May, da ist jemand vor uns in die Vergangenheit abgedüst", rief er und setzte sich an den Rechner. Mayer stand mit offenem Mund in der Werkstatt und begann am ganzen Körper zu schlottern. Schließlich stammelte er: „Ich hab geahnt, dass wir beobachtet werden, dass jemand unsere Pläne durchkreuzt. Ja dieser Kerl mit den stechenden Augen und der langen Nase, immer war der in unserer Nähe. Bestimmt reisen sie in die Vergangenheit und bringen den Milutin um die Ecke!" Hesmer tippte etwas in die Tastatur des Elkom-Rechners. „May, reg dich ab. Wer immer es war, er kann Milutin nicht gefährlich werden", entgegnete Hesmer, schon wieder ruhig und gefasst. „Woher willst du denn das wissen?", rief Mayer mit immer noch schreckgeweiteten Augen. „Ach May du Schisser, weil der Idiot, wer immer auch das gewesen sein mag, gerade mit unserer Kugel etwa viertausend Jahre in die Zukunft gereist ist. Und außerdem unterbreche ich jetzt die Prozessroutine und hole unsere Kugel zurück. Erst mal schauen wir uns den Zeitreiseexperten an. Ich habe da ein Bildaufzeichnungsverfahren zur Dokumentation des Transportationsprozesses. Das läuft immer automatisch mit und zeigt den Kugelinhalt, bevor er in der Zeit verschwindet", dozierte Hesmer. Er klickte auf dem Bildschirm das Kamerasymbol an und es erschien ein Weitwinkelbild des Kugelinneren. Ein Mann mit umgehängtem Fotoapparat bestieg die Kapsel. Er setzte sich hin und schaute geradewegs in die Weitwinkelkamera. Stechende Augen und große Nase. „Der Spitzel!", schrie Mayer. „Der Wurstverkäufer!", entfuhr es Hesmer. „Wenn der nun immer noch drin sitzt? Dann holen wir ihn zurück und haben ein Riesenproblem. Und was will er verdammt nochmal in der Zukunft?", rief Mayer aus, noch immer schlotternd.

168

„Nun, die Rückkehrroutine der Maschine steht auf 24 Stunden. Das heißt, er möchte länger bleiben und spaziert noch in der Zukunft herum. Falls sich doch jemand in der Transportationskugel befindet, schicken wir ihn einfach wieder zurück und bauen uns eine neue Kugel", meinte Hesmer kaltblütig. Mayer kamen Gewissensbisse: „Und wenn er doch gar nicht für immer in die Zukunft wollte?" Hesmer entgegnete nur: „Dann hätte er nicht solchen Mist mit meiner Zeitmaschine anstellen sollen. Wollte er nicht in die Zukunft reisen? Bitte sehr! Reisende soll man nicht aufhalten." Mit wenigen Klicks auf der Tastatur begann die Rücktransportation. Eine Rundumleuchte blinkte orangerot auf und ein Warnton piepste kläglich. Schon blitzten blaue Funken mitten im Raum auf und zeichneten die Rundform der Kugel nach. Wenige Sekunden später stand die Transportationskugel wieder auf der Plattform der Zeitmaschine. Ihr Inneres war – leer. Mayer und Hesmer atmeten hörbar auf. So, nun saß der Schnüffler für immer in der Zukunft fest. Endlich konnte ihre Zeitreise in die Vergangenheit beginnen. Mayer bestand auf einer gewissenhaften Abarbeitung der Checkliste und es war auch gut so. Durch das verwirrende Ereignis hätten sie sonst vergessen, ihr historisches Geld und die handgeschriebenen Unterlagen über Steinhubers Theorie auf ihrer Reise mitzunehmen. „Ach der May. So schreckhaft er auch sein mag, in seiner übertriebenen Vorsicht vergisst er doch nichts", dachte Hesmer beruhigt, als sie schließlich in die Transportationskugel stiegen. Und wieder der bläulich wetterleuchtende Start der Zeitreise. Die Landung der Kugel im Gestrüpp kam ihnen bekannt vor. Allerdings konnten sie bei ihrer Reise nach Belgrad nun öfters den Luxus eines Eisenbahnabteils genießen. Kaum waren sie angekommen, mussten sie wieder improvisieren. Einen genauen Plan ihres Vorhabens besaßen sie nicht. Wo traf man den frischgebackenen Professor nun in Belgrad an? Ja, sie irrten erst ein wenig herum. Bekanntmachen mit Zeit, Land und Leuten, so nannte es Mayer. Er hatte Hesmer überzeugt, nichts zu überstürzen. Wo sollte man Milutin am besten treffen? In der Belgrader Universität? Nicht doch, in der Uni herrscht eine trockene, wenig inspirierende Grundstimmung. Vielleicht in seinem Wohnhaus in der Professorenkolonie? Nein, dort war er sicherlich auf familiäre Probleme fokussiert. Doch ihr Nachfragen in einigen Etablissements ergab, dass verschiedene Kaffeehäuser öfters von Mitgliedern des Lehrkörpers der Belgrader Universität aufgesucht wurden. Schließlich landeten sie in einem Kaffeehaus, wo es ziemlich hoch herging. Ein auskunftsfreudiger Gast, ein ehemaliger Physikstudent, meinte, dass Professor Milankovic am späteren Abend manchmal dieses Lokal aufzusuchen pflegt. Und wirklich, ihr Informant zeigte auf den Nebentisch, dort hatte sich Professor Milankovic eben niedergelassen. Dieser trank einem Freund zu, welcher ein paar offenbar frisch gedruckte Broschüren schwenkte und daraus vorlas. Es waren sehr patriotische, serbische Verse, von denen nicht nur der Professor begeistert war. Ein beleibter Mann stand von einem Nebentisch auf und klatschte nach dem vorgetragenen Gedicht Beifall. Mayer und Hesmer spitzten die Ohren. Offenbar war der beleibte Mann auch ein serbischer Patriot und kaufte Milankovics Freund auf der Stelle zehn Exemplare seiner Broschüre ab. Wenig später zog sich dieser beleibte und solvente Herr zurück und verließ das Lokal. Der Dichter feierte mit Milutin den Erfolg seines Lyrikbandes. Nach dem obligatorischen Kaffee für arme Intellektuelle hatten beide eine Flasche Wein geöffnet. Da fragten Mayer und Hesmer, ob sie gestatten würden, sich zu ihnen an den Tisch zu setzen. Sie seien zwei Professoren aus Deutschland und hätten schon von Milankovics Betonkonstruktionen gehört. Da sie auf der Durchreise wären, wollten sie die Gelegenheit nutzen, ihn einmal persönlich kennen-zulernen. Ein paar Höflichkeitsfloskeln wurden aus-getauscht und schließlich brach die Bestellung einer zweiten Flasche Wein auf Hesmers Kosten das Eis. Bei der Frage nach der Herkunft Milankovics erzählte dieser von der Donaulandschaft seiner Heimat. Mayer und Hesmer waren echt ergriffen, hatten sie doch vor Kurzem dort ihr erstes Zeitreiseabenteuer erlebt. Passend dazu rezitierte der Dichter Verse über die Schönheit der serbischen Landschaft. Nach dem letzten Glas aus der vierten Flasche rutschte er auf dem Stuhl in sich zusammen und schlief ein. Doch Milutin hielt sich mit dem Weintrinken zurück. Ihm kamen die Gesichter der beiden Fremden irgendwie bekannt vor. Ihm war, als hätte er sie beide schon einmal in seiner Kindheit gesehen. Aber das konnte nicht sein, sie müssten ja inzwischen um über zwanzig Jahre gealtert sein. Schließlich unterhielten sich beide mit ihm über Mathematik, Gravitation und Planetenbewegungen. Während die fünfte Flasche Wein geleert wurde, erwachte der Dichter und prostete allen zu. Mit schwerer Zunge meinte er, dass ihm nun all seine bisherigen Werke klein und unbedeutend erscheinen würden. Deshalb wollte er ein serbisches Nationalepos schreiben. Für Milutin Milankovic war dies ein erhebender Moment. Er wiederum verkündete nun, dass er versuchen würde, „mit mathematischer Präzision das ganze Universum zu erfassen und Licht bis in die dunkelste Ecke zu tragen." Jeder andere wäre am nächsten Morgen mit einem verkaterten Lächeln wieder zur Tagesordnung übergegangen. Nicht so Milutin Milankovic. Er fand unter seinem Kopfkissen eine handschriftliche Ausarbeitung, die ihn inspirierte. Neben seinen Lehrverpflichtungen an der Belgrader Universität erforschte er nunmehr die zyklischen Erdbahnänderungen. Es war anfangs ein ziemlich mühseliges Unterfangen, die Gravitationseffekte des Mondes und der übrigen Planeten auf die Erdbahn auszurechnen. Alle diese Effekte bewirkten ein Pendeln bestimmter Bahnparameter innerhalb gewisser Grenzen in Zyklen von Zehntausenden bis Hundert-

172

tausenden Jahren Länge. Da er mathematisch-physikalische Probleme stets anwendungsbezogen betrachtete, schloss er aus den Erdbahnzyklen auf periodische Klimaänderungen. Im Jahre 1941 veröffentlichte er schließlich sein bekanntes Werk: "Kanon der Erdbestrahlung und seine Anwendung auf das Eiszeitproblem". Seither sind die Milankovic-Zyklen fester Bestandteil der Paläoklimatologie. In seiner Veröffentlichung wollte er anfangs auch ein "Steinhuber-Manuskript" als Quelle seiner Inspiration angeben. Doch seine Recherche nach diesem geheimnisvollen Professor Steinhuber verlief zu seinem Erstaunen ergebnislos. An keiner europäischen Universität war dieser Name bekannt. Auch die Professoren Mayer und Hesmer schienen wie vom Erdboden verschluckt zu sein. Er konnte ja nicht wissen, dass zur Drucklegung seines Buches Steinhuber ein Kleinkind und die anderen zwei noch nicht einmal geboren waren.

EPILOG – SPUK VORBEI

Als Hesmer und Mayer in die gute alte Gegenwart zurückkehrten, war es früh am Morgen. Trotz des reibungslosen Verlaufs ihrer Zeitreise hegten sie gewisse Befürchtungen. Einerseits wussten sie noch nicht, ob all ihre Bemühungen letztendlich von Erfolg gekrönt waren. Andererseits sorgten sie sich, dass sie durch ihre Aktion im technischen Fortschritt und in der Weltgeschichte vielleicht zu viel durcheinandergebracht hätten. Auf den ersten Blick schien sich in Hesmers Haus nichts verändert zu haben. Er fischte die Zeitung aus dem Briefkasten. Keine Schlagzeile über den Erdbahnwandel. Das war schon einmal gut. Auch eine Recherche im Computer erbrachte nichts dergleichen. Die Suche nach Milutin Milankovic verwies auf die nunmehr nach ihm benannten Erdbahnzyklen. Sie hatten es tatsächlich geschafft! Steinhubers Theorie war in der Wissenschaft allgemein akzeptiert, nur sein Name tauchte in dem Zusammenhang nicht mehr auf. Ja klar, konnte ja eigentlich auch nicht. „May, wir haben gewonnen! Wir haben die Erdbahnhysterie abgewendet! Ist das nicht toll!", rief Hesmer euphorisch aus. Mayer war verhalten optimistisch: „Hauptsache wir haben nicht noch andere Sachen umgekrempelt. Du weißt schon, Kollateralschäden …" „Na unke mal nicht, May. Es sieht doch alles ganz vertraut aus", entgegnete Hesmer. Nach einem ausgiebigen Frühstück begaben sie sich in die Universität. Vom Erdbahnwandel sprach niemand mehr. Auch eine gewisse Meta Vorwerk schien gänzlich unbekannt zu sein. Ansonsten war alles beim Alten. Doch nein, warum hieß „Elkom" nun „Microsoft" und „Dampföl" plötzlich „Benzin"? Sie konnten sich das zwar nicht logisch erklären, hatten aber wohl doch mehr Kollateralschäden in der Vergangenheit angerichtet, als vermutet. So mussten sich Mayer und Hesmer bei manchen Bezeichnungen umgewöhnen. Aber da sie geistig flexible Zeitgenossen waren, fiel ihnen das nicht schwer.

Doch was ist aus den Herren Steam, Bolten und Walters geworden? Es scheint fast unglaublich, aber alle drei sind als gewöhnliche Millionäre nunmehr im Mittelmaß aufgegangen. An ihrer Stelle thronen nun die Herren Gates, Buffet und Allen als reichste Menschen der Erde. Den Aufstieg in diese Position verdanken auch sie weniger ihrer altruistischen Grundeinstellung, als vielmehr ihrem egoistischen Ehrgeiz, gepaart mit einer gehörigen Portion Glück. Insofern hatten Mayer und Hesmer den Lauf der Welt nicht grundlegend verändert, sondern nur gewisse Symptome der aktuellen Gesellschaftsordnung beeinflusst. Wollen wir hoffen, dass dies auch auf den armen Ferdinand in der Ultrazukunft günstige Auswirkungen haben wird.

War das bereits alles? Nein. Auf den Gewohnheitsmensch Mayer wartete noch eine ziemliche Überraschung. Als er nach seiner Zeitreise wieder die Wohnung betrat, stutzte er. Alles sah so anders und irgendwie aufgeräumt aus. Einbrecher! – war sein erster Gedanke. Aber Einbrecher und so aufgeräumt, das konnte wirklich nicht sein. Oder wollte ihn etwa der Staatsschutz wegen unerlaubter Zeitreisemanipulation verhaften? Nach den verrückten Erlebnissen der letzten Tage schien plötzlich alles möglich. Er durchschritt die Küche und gelangte in das Wohnzimmer. Die Kissen lagen mit Mittelknick auf dem Sofa, zwei Kaffeetassen standen auf dem Tisch. Irgendwie beschlich ihn ein unbestimmtes, aber äußerst angenehmes Gefühl. Mayer hörte aus der Abstellkammer eine ihm bekannte Stimme rufen: „Da bist du ja endlich, ich habe mit dem Kaffee extra auf dich gewartet." Mayer riss die Augen auf und holte tief Luft. Träumte er oder holte ihn gerade die schönste unbeabsichtigte Nebenwirkung seiner Zeitreise ein? Nur mit Mühe konnte er gerade noch einen Ausruf des Erstaunens unterdrücken. Und tatsächlich, seine frühere Doktorandin kam mit einem Päckchen Kaffee aus der Abstellkammer um die Ecke und freute sich offensichtlich, dass er endlich heimgekehrt war. Nun stand sie in Lebensgröße vor ihm, ein durch die Balkontür hereinfallender Sonnenstrahl ließ in ihrer dunklen Kurzhaarfrisur einen rötlichen Schimmer aufglühen. Erst jetzt wurde ihm richtig bewusst, dass er sich in der letzten Zeit oft erstaunt umgedreht hatte, wenn er im Gedränge der Stadt eine solche Frisur sah.

Er hatte also immer gehofft, ihr über den Weg zu laufen und nun war sie tatsächlich wieder bei ihm! Dank seiner Zeitreise war sie offenbar nie weggewesen! Schnell überwand Mayer seine Verblüffung und sagte: „Entschuldige, dass ich jetzt erst komme. Es ist alles so sauber und aufgeräumt hier. Wäre es nicht schön, wenn Kinder in unserer Wohnung ein bisschen Unordnung machen würden?"